作／小鹿
繪／佩喵Peneko
高中生×
底下有槍啊
Girl?+
Senior High School
Student+
Skirt
=Gun!?
3
Complete

目錄

序章

「白色死神……」

從前，某人曾在酒館和我開啟過這樣的話題。

「你聽過『一成神醫』的事嗎？」

「當然聽過，那不是傳說中的名醫嗎？」

「名醫……呵。」

「就某種層面來說，我也沒說錯吧。」

「確實，你沒說錯。」

眼前的人手撐下巴，像是在回憶什麼似地說道：

「『一成名醫』雖然收費堪稱天價，但不管是什麼疾病——甚至連被視為絕症的病都可以治療……不過，相對的，成功的機率只有『一成』。」

「要是失敗，患者就會無條件死亡。」

「也就是說，就算他治療了十人，那也是以九十人的死亡做為代價。」

「醫死的人遠比活著的人多，這樣的人根本不該自稱醫生吧？」

「哎呀，白色死神怎麼感覺不太愉快的樣子，你該不會跟他有什麼過節吧？」

「我怎麼可能認識那種傢伙呢。」

我搖了搖手說道：

「他不是已經失蹤一段時間了嗎？」

委託「一成神醫」治療，如同一場愚蠢的賭博。

但是當人陷入絕望時，連那一成的希望都會想要抓取。

不知是不是不堪其擾的關係，「一成神醫」在幾年前突然銷聲匿跡。

儘管表、裡世界的各方大人物都在找他，但不管是誰遍尋不著。

「那麼，白色死神……」

眼前的人露出有些壞心眼的神情問道：

「你認為，像『一成神醫』這樣的人，是善還是惡呢？」

「……我不覺得可以這麼簡單就定義善惡。」

我舉起手，接過調酒師調好的酒。

「對醫好的人來說，『一成神醫』想必是好人吧？但被醫死的人肯定會認為他是披著人皮的惡魔。」

「也就是說，不能單純的用拯救和死亡人數的多寡來權衡善惡，是嗎？」

「是啊，不過關於善惡的話題，我倒是有一點可以肯定——」

我啜了一口面前的馬丁尼後說道：

「若這世上有真正的惡，那人必定是我。」

「……真虧你能一臉自信的這麼說。」

「要是連我這種人都不算惡人的話，這世界就沒有壞人了。」

「我倒是不這麼認為。」

「嗯？」

「論實力的話，你毫無疑問是裡世界的頂尖吧，但是壞事做得多，跟惡並不能劃上等號。」

「什麼意思？壞事做得多當然算是惡人吧？」

「所謂真正的惡，並非如此單純的事物。」

「……」

「你尚未理解何為真正的惡。」

他舉起酒杯，對我露出了意味深長的笑容說道：

「不，應該說就因為是你，所以才不能明白。」

那時的我，對他所說的話不以為意。

就連擁有「不死」稱號的無名都不是我的對手。

哪天遇到真正的惡又如何？

他不可能是我的對手。

但是，我太天真了。

我應該再多思考這席話所代表的意義。

因為，跟實力還是殺人數量都沒有關係。

所謂真正的惡——

是連白色死神都無法應付的存在。

第一章 要是連拒絕他人都不會，當個隨扈可是活不下去的

剩餘報酬：82億

「奈唯亞，如果可以的話，妳願意跟我交往嗎？」

寒假結束的某一天放學後，白鳴鏡約我單獨會面，接著跟我告白了。

告白了。

告白？

等一下，事情是怎麼變成這樣的？

從什麼時候開始的？我怎麼完全沒有察覺？

過於突然的發展，讓我就像當機一般當場傻住。

在我面前的白鳴鏡，雖然表面看來一如往常，但從他滿是手汗的掌心和略微上升的體溫來看，可以發現他其實非常緊張。

「奈唯亞？」

可能是我太久沒說話了吧？白鳴鏡再度出聲確認。

「妳有聽到我剛說的話嗎？」

「嗯，聽得很清楚——」

我說到一半後馬上用手摀住嘴巴，但已經來不及了。

不該這麼回答的，我竟反射性地犯下這麼愚蠢的錯誤。

因為這樣就不能用沒聽到或是誤會之類的說詞蒙混過去了。

「…………」

「…………」

我和白鳴鏡互看著彼此，一句話都不說。

奇怪，這種告白完後獨有的尷尬和緊張氣氛是怎麼回事？

真是傷腦筋啊……

雖然緊張和害羞，但是白鳴鏡的雙眼閃耀著前所未有的光芒，直率地注視著我的雙眼。

他是認真的。

認真愛上了奈唯亞這個人。

那麼，不管是答應還是拒絕都不行。

白鳴鏡離我、左歌、左櫻和無圓缺都太近了。

只要給了他明確的答案，我們這五人的關係將產生天翻地覆的改變，這勢必會帶給「LS任務」困擾和阻礙。

那麼，在這種不能接受也不能拒絕，甚至也不能裝作沒聽到的情形下，唯一的解答

只有一個了──

「鳴鏡學長。」

我向他搖了搖頭道：

「你錯了。」

「咦？」

可能是沒想到告白後會接受到這樣的回應吧，白鳴鏡愣在當場。

「我……錯在哪邊呢？」

「你對奈唯亞的心情，並不是戀愛。」

「咦咦──！」

「這一切，都只是你的誤會而已。」

能解決現狀的唯一方法──就是否定他的戀愛情感，然後趁著爭取到的時間抹消他對奈唯亞的戀心。

……奇怪，總覺得我最近一直在做類似的事啊。

「你仔細回想一下，你想到白色死神時的心情。」

「白色死神……？」

「是的。」

我將手掌擺在自己的心臟處。

「是不是想到他時，心臟會不由自主地加快？是不是聽到他的名字時，會不由自主地駐足聆聽？」

「沒錯，確實是如此。」

白鳴鏡連連點頭說道：

「而且不只如此，我每天做夢都會夢到白色死神，雖然因為不知道長相的關係，夢中的他總是有些模糊，但僅僅是意識到他在我身旁，就足以讓我全身發熱，有時甚至會因為渾身發燙而從睡夢中彈起身。」

「……」

「醒來時，我會馬上將夢中的內容寫下來，然後複習小時候留下的錄音檔。」

「小時候的錄音檔？」

「在我和白色死神那唯一也是最後一次的見面後，我用錄音設備將那段過往錄了下來，那之中包括他說過的一字一句，還記錄了遇到他時的溫度、他頭頂上的白雲形狀以及呼吸的次數。」

「…………」

「這樣我就能確保與白色死神之間的回憶，不會因時間而變得黯淡。」

「………………」

坦白說，從白鳴鏡身上傳來的謎之壓迫感，讓我有種想馬上拔腿就跑的衝動。

但是為了「ＬＳ任務」，我仍咬牙忍了下來。

「那麼，你應該能明白奈唯亞在說什麼了吧？」

我裝作一臉平靜的說道：

「你認為你對我的感情，和對白色死神的感情是一樣的嗎？」

「————————！」

聽到我這麼問，白鳴鏡就像是被落雷砸到一般全身僵硬。

「一直以來追著白色死神的你，毫無疑問是愛著他的！」

我一邊揮舞著拳頭一邊加強語氣說道：

「那才是真正的愛情啊！」

「沒、沒錯！」

一扯到白色死神就會腦袋受損的白鳴鏡，一副恍然大悟地說道：

「我怎麼能忘呢？若是殺死全人類可以讓白色死神活下來，我會毫不猶豫地選擇讓人類毀滅，我之前一直以為這感情是憧憬，但被妳提醒後，我才發現那是愛情啊！」

不，那很明顯不是愛情。

沒有一種愛情是把對方歸類在人類範疇外的。

不過現在還是不要戳破他腦袋已經不正常的事實吧。

「總之你明白了吧？既然你愛的人是白色死神，那就表示你對我的感情，只是一時的錯覺而已。」

「錯覺……是嗎？」

「是的。」

「那麼，我在上課時，會不由得將視線定在奈唯亞身上——」

「錯覺。」

「常常發呆，等到回過神來發現自己剛剛都在想奈唯亞的事——」

「錯覺。」

「站在奈唯亞身邊就會心跳加快、呼吸急促，但是只要妳跟我說話，我胸口就會洋溢一股說不出的暖意——」

「這些全部——都是錯覺！」

我一邊大聲否認一邊心中冒著冷汗。

天啊，這根本就是死心塌地地愛上了我啊！

照這樣看來，就算我真的向他表明我是男兒身，他也會欣然接受——不對，若他知道我其實是白色死神，把我強制監禁圈養都是有可能的。

不管是男是女都逃不過白鳴鏡的追求，我是什麼時候走到這條絕路的？

「可是，如果這不是愛情，那這心情該如何解釋才好呢？」

白鳴鏡皺著眉頭，手緊抓著胸口處的制服，力道大到讓白色襯衫起了皺紋。

「除了白色死神外，我還是第一次這麼在意一個人。」

「……」

果然，白鳴鏡不是左歌，沒有那麼簡單就蒙混過去。

「告訴我好嗎……奈唯亞。」

白鳴鏡以再也認真不過的表情問道：

「我為什麼唯獨對妳產生這種心情呢？」

「……………………………………奈唯亞本來不想告訴你答案的。」

「沒關係，請告訴我吧。」

「可是，真相很殘酷——」

「不管是怎麼樣的真相，我都會欣然接受。」

「好吧……那我只好說了。」

我吞了一口口水，有些不忍的別過頭去。

「鳴鏡學長之所以會對奈唯亞有這種獨特的心情，那大概是因為——

「你欲求不滿。」

「啊…………………………？」

聽到我說的話，白鳴鏡驚訝得嘴巴微張，過了不知多久後，他才以夢囈般的聲音重複我剛剛的話。

「欲、欲求不滿？」

「是的，鳴鏡學長身體內的性欲不斷累積，逐漸超過自己所能承受的程度，所以才會不自覺地在意起奈唯亞。」

「不，這說不通吧。」

白鳴鏡拚命搖頭否認道：

「那為何我沒有對其他女同學產生這樣的心情？」

「很簡單啊。」

我雙手交叉放在自己胸前，微微托起胸部說道：

「因為鳴鏡學長之前沒遇過胸部那麼大的女孩子。」

「所以我是因為胸部才在意妳的嗎！」

「是的，鳴鏡學長就是個胸部星人，是個只會被巨乳吸引的男性。」

「怎、怎麼會！沒想到真正的我，竟是如此變態的存在嗎？」

「俗話說得好，表面上看起來越現充的人，私底下殘害的小動物就越多。」

「不、不對！這些都只是妳的推測而已，我怎麼可能、怎麼可能是這種——」

「嘿。」

我彎下身子後將領口處微微敞開，露出深深的事業線。

「啊啊啊啊啊妳在做什麼！」

看到我的舉動，白鳴鏡滿臉羞紅，不斷向後退！

「看吧，鳴鏡學長。」

我輕嘆了一口氣後說道：

「你的反應已經證明了我的說法是正確的。」

「…………………」

聽到我這麼說，白鳴鏡面如死灰。

「難不成、難不成我真的對胸部……」

真是可憐，之前不但被周遭的人誤認成渣男，現在還被我塑造成了性欲魔人。

但這也是沒辦法的事。

不管是怎樣的狀況——

都比認真愛上我這種人渣好吧？

「所以，事實的真相其實是——」

是時候結束這一切了。

「鳴鏡學長在上課時，會不由得將視線定在奈唯亞的胸部。」

「……」

「鳴鏡學長常常發呆，等到回過神來，發現自己剛剛都在想奈唯亞的胸部。」

「別………」

「站在奈唯亞的胸部面前就會心跳加快、呼吸急促，只要奈唯亞的胸部跟鳴鏡學長說話，襠部就會洋溢一股說不出的暖意——」

「別再說了啊啊啊啊啊啊————————！」

大受打擊的白鳴鏡雙手抱著頭跪倒在地！

「鳴鏡學長。」

雖然很不忍，但我仍給了瀕死的白鳴鏡最後一擊。

「男人喜歡胸部是應該的，但是——

「喜歡到誤認為是愛情，奈唯亞這輩子還真的是第一次遇見呢。」

「嗚啊啊啊啊啊啊啊啊——————！」

聽到我這麼說，羞慚的白鳴鏡雙手遮著羞紅的臉逃走了。

只有男人才能真正明白男人羞恥的地方。

正因為自己也曾有過那段中二的青春期，所以才知曉怎樣讓男人重傷。

「別怪我，白鳴鏡。」

在徹底摧毀白鳴鏡對奈唯亞的愛意後，我回到了我和左歌的教師宿舍。

「這也是為了你好，你以後長大後一定會感謝我的。」

我一邊說著父母常對孩子說的經典臺詞，一邊打開了房門。

「啊……」

只是，出乎我意料的，裡頭已經有一個意外的訪客了。

「歡迎回來啊……人渣。」

半睜著的朦朧雙眼、如雪一般透明的蒼白肌膚、緩慢且略帶無力的說話方式，以及繡著「圓缺」兩字的長長圍巾。

跟我有著多年因緣，舊名「無名」的女孩子正坐在房間中。

不過，她現在已經脫離「無」的掌握，有了新的名字和人生。

「無圓缺。」

我坐到她的身邊。

「妳怎麼突然跑來了？」

「咦……這裡不是我家嗎？」

她有些疑惑地看著四周。

「記得我是跟左歌表姊住在這邊啊……」

「……住在這裡的是我，並不是妳。」

「唉呀，一不小心又搞錯了，前幾天煮飯時，還把鹽跟糖搞錯呢。」

無圓缺用拳頭輕敲自己的頭，「欸嘿」一聲後說道：

「無圓缺一直那麼天然，真是受不了自己。」

「妳那完美詮釋『聯誼會中的做作女子』個性是怎麼回事？」

「年收入沒有五百萬的傢伙，可以滾出去這個聯誼會場嗎？」

「我也不是叫妳變得這麼直率。」

這傢伙的老毛病又犯了。

因為之前被灌入太多人生，常常像這樣，掌握不到自己的個性究竟是什麼。

「啊，我想起來自己原本是怎樣的人了……」

無圓缺眨了眨迷濛雙眼說道：

「總之就是個人見人愛的女神，對吧……？」

「請不要被幻覺牽著鼻子走。」

這傢伙真的跟我是同類人，連思考模式都一樣。

「看來還是得這麼做……」

一股溫暖覆蓋住了我的手，無圓缺雙手包裹住了我的手說道：

「對了……我想起來了……」

緩緩閉上雙眼，無圓缺露出找到歸處一般——安心無比的表情說道：

「我是只為了白色死神而活的存在……」

我就像無圓缺尋找方向的指標。

她必須定時觸碰我，才能找到自己的所在。

「……這樣好嗎？」

「嗯？」

「一直依存他人而活，不太好吧？」

「你在說什麼啊。」

無圓缺歪了歪頭，像是不能理解我在說什麼似的。

「我就是你，為了自己而活是應該的吧。」

她露出了淺淺的笑容。

「這是我好不容易拿到的第二段人生，我早就決定了，我要為自己——為了你而活。」

無圓缺的笑容雖然很淡，但不知為何有著強烈的存在感，足以印在任何人的心中。

「是嗎？妳若是覺得滿意就好了。」

我和無圓缺之間的因緣一言難盡。

她一直被逼迫著捨棄自己，成為白色死神。

我殺了她無數次，而她的兩位姊姊也因我而死。

但是，即使發生了這麼多足以恨我的事，她仍沒有拋棄過往，選擇繼續看著白色死神。

我不知道未來的她會不會因為這個決定而後悔。

但至少，現在——

她握著我的手十分有溫度，溫暖到足以讓我露出笑容。

我一個人躺在左歌的床上，有些難得的心事重重。

無圓缺在找回自我後，很乾脆地離開了。

之後類似的事想必會一直發生吧？畢竟我就像是她必須定時服下的藥。

要是沒有我的話，她就此精神失常也是有可能的，畢竟能讓她意識到自己的姊妹已全數不在了。

「之後……該以怎樣的心情面對無圓缺呢？」

若照常理來看，我是應該對她感到愧疚，並花上一生給予補償。

但那只是一般論，身為白色死神的我並不適用。

我的一切行動皆是以自己為考量，要我對過往的行動感到後悔是不可能的，而且──

──「至少，我就很喜歡你的自私。」

在一片黑暗中，我想起無圓缺曾說過的話。

──「因為自私的人，想必是最愛自己的人吧？」

──「而我一直以來的人生中，都是為了成為你而存在的。」

我想，她也不希望我做出任何改變吧？

——「遲早有一天，我會成為和你相同的存在。」

——「那麼當那天到來時，你要成為最愛我的人喔。」

「跟左櫻恰好相反呢……」

左櫻看著奈唯亞，將我視為英雄。

無圓缺看著海溫，認定我是卑鄙小人。

這兩人對我的看法明明南轅北轍，但奇異的是，她們對我的印象中，卻有著一個部分是完全相同的。

——無條件肯定我這個人，將我視為生存的意義。

「為何會變得如此呢？」

至今為止我接過許多任務，但不管再危險，都是如流星般短暫的任務。

保護目標、擊退敵人後領取賞金，接著迅速離開現場，不留任何一絲痕跡。

我從未像「LS任務」一般，停在一個區域這麼久的時間，而且還被任務內容逼迫，必須和周遭的人建立深厚的關係。

「這是我第一次遇到的任務類型。」

而且……除了左歌之外，我身邊的人際關係似乎逐漸變得亂七八糟。

對於無圓缺，我還沒完全整理好面對她的心情。

而任務關鍵的左櫻，竟不知何時愛上了奈唯亞，逼得我只能用「已跟海溫有婚約」

這種藉口來拖延時間。

更別說原本覺得絕對沒問題的白鳴鏡了，為了應付他的追求，我連胸部狂熱這種莫名其妙的謊言都編了出來。

「咦……？」

此時，我突然意識到了一件事。

「對和他人來往這方面，我似乎……比我自己想得還拙劣？」

但這也是沒辦法的事啊。

自從六歲以來，我就過著與普通人相去甚遠的生活。

在與他人之間的相處上，我只會單純地計算利益得失。

所以，明明可以使計讓班上的所有男生都愛上我，但我卻無法處理身邊的左櫻和白鳴鏡，連他們是怎麼愛上我的都沒頭緒。

「唉……」

我深深嘆了口氣。

我再一次體認到，這次的任務有多麼不適合我。

「左獨那傢伙，該不會是看穿這點才設計『ＬＳ任務』給我的吧？」

回想起來，聖誕祭和期末考的事件雖然看似驚天動地，但似乎都沒有脫離她的掌握。

她幾乎沒有付出任何代價，就占盡了所有好處。

我這輩子遇到的人中，她大概是我最不想與之為敵的人之一。

「真的是隻老狐狸——」

「唉呀。」

突然地，從天花板上，傳來了左獨的聲音。

「能聽到白色死神這樣的評價，我應該開心還是難過呢？」

「……………………」

並不是平常出現在人前的代理左獨，而是真正的左獨聲音。

我順著聲音傳來的地方查看，結果發現了黏在天花板的竊聽器和發話器。

有機會做這事的人只有一人。

那就是剛剛到我家的無圓缺。

「那個混蛋……」

「你在罵我嗎？」

「不是，怎麼可能呢。」

「但是，我記得你剛剛好像有用一個很特別的詞稱呼我——」

「剛剛究竟是誰說左當家是老狐狸的！給我滾出來！」

我從床上跳起身來，雙眼因為憤怒而充血！

「吾乃左當家最忠實的左臂右膀，吾之赤誠上天可見！若汝還有點良知的話，速速出來和吾一戰！」

「……」

「太過分——真的太過分了！再怎麼想罵人也不能加個『老』字啊！左當家很在意這點難道你不知道嗎？」

「…………」

「要是『騷狐狸』或是『狐狸精』之類的也就算了，『老』這個字是絕對不行的，太貼近事實，與其說這是罵人——不如說這根本是單純的人身攻擊！」

「……明明表面上是在坦護我，卻能越說越讓我火大，這真可謂是一種才能了。」

「交給我吧！左當家！有我白色死神在，妳什麼都不需要擔心！」

我跳上跳下，以誇張的動作翻找著房間中的暗處，不過最後也只是找到更多左歌藏起來的色情漫畫而已。

十分鐘後——

「太可怕了，這敵人竟連我都找不到任何蹤跡。」

我伸手抹了一下額頭的汗後說道：

「雖然我覺得這人犯下的罪行足以碎屍萬段，但左當家如此寬大為懷的人，想必不會跟這種毛賊計較，不如我們就無條件原諒他吧，如何？」

「我還是第一次看到臉皮如此厚的人，真是開了眼界。」

「真的，罵了人就跑，這種不知羞恥的惡人我也是第一次看到。」

「……算了，不跟你爭論這個了。」

左獨像是放棄什麼似的嘆了一口氣。

「今天特地和你通話，是有事想請教你。」

「請教我？」

「是啊。」

「……做什麼？」

我不禁起了戒心。

「別那麼緊張嘛，這對你來說也不是壞事喔。」

「妳每次都這麼說，我已經不會再任妳擺布了──」

「要是完成我的條件，『ＬＳ任務』的報酬就給你加回十億。」

「左獨大人有什麼請儘管吩咐，小的赴湯蹈火在所不惜！」

「操控你還真是簡單啊，已經連成就感都不會有了。」

「那麼，左當家想要拜託我什麼事呢？」

「…………」

左獨沉默一會兒後，問了一個有些奇怪的問題。

「這幾天，你有看過左歌回家嗎？」

「左歌？」

自從寒假結束以後，左歌就沒回過家了，本來兩人同居的地方現在感覺就像是我一人獨居。

但因為她依然有到學校好好扮演老師的身分，所以我以為她只是太忙而已。

「沒有，她都沒有回家。」

「那她有跟你說什麼嗎？」

「也沒有。」

「表現上如何呢？」

「至少在學校時一如往常。」

「嗯……」

「委託的內容是要找到左歌並帶回家嗎？沒問題，我明天就去準備項圈、繩子以及堅固的地下室。」

「……你到底是打算對左歌做什麼啊？」

左獨再度嘆了一口氣後，沉吟不語。

真是古怪。

左獨之所以讓我覺得可怕，是因為她除了深思熟慮外，還擁有著超乎常人的決斷力。

一旦決定目標，不管中途遇到什麼阻礙都會拚盡全力達成。

但是，她此時的態度卻顯得有些猶豫不決。

身為「左」之當家，難道還有可以難倒她的事嗎？

「左歌身上發生什麼了嗎？」

「既然左歌什麼都沒說……我想我也沒有代她說出口的權利。」

「什麼啊，這麼曖昧不清的態度，難不成左當家想要委託我的事，跟左歌有關嗎？」

「不，真要說的話，一點關係都沒有喔。」

「咦？」

「白色死神。」

從左獨的口中，出現了一個令人懷念的名字。

「你能幫我找到『一成神醫』嗎？」

——只要幫她找出「一成神醫」，就會幫我把「LS任務」的報酬加回十億。

這就是左獨提出的要求。

「如果連左家的情報網都找不到，那靠我也不會有辦法啊。」

時間是和左獨說完話後的隔天，前往五色高中上學的我陷入了沉思。

「不過話說回來，為何左當家要找『一成神醫』呢？」

是不是有什麼人生病了？

回想和左獨的談話，會發現話題聚焦在左歌身上。

若是不思考太多，直接做最直觀的推論，那就是左歌罹患了某種不治之症——

「妳在發什麼呆啊。」

「痛。」

我的頭上被某種堅硬物品輕敲了一下。

只見我煩惱的根源——左歌就這樣一臉沒事地站在我面前。

「喔喔，沒想到我竟然可以打到奈唯亞。」

左歌一邊以幾乎無法察覺的角度皺著眉頭，一邊看著剛剛自己的手。

「我果然是天選之人，身體中隱藏的資質和潛能無可限量。」

「啊……這確實是生病了。」

主要是智商的部分很堪憂。

「別一大早就詛咒人好嗎？我健康得很。」

「表姊，有病真的要去看，雖然可能性很低，但說不定經過搶救後，妳的長相和身材還有可能恢復正常——」

「不要說得好像我的長相和身材得了什麼絕症好嗎！」

左歌面無表情地「砰砰」拍著桌子抗議，模樣看起來和平常一樣。

奇怪，是我的推測落空了嗎？那左獨的委託跟那些意味深長的話又是怎麼回事？

「話說回來，表姊站在校門口做什麼？」

左歌站在一張大桌子前，桌上擺著大量的長方形禮盒，數量少說也有一兩百個。

「看不出來嗎？我在發巧克力啊。」

「喔喔！巧克力！是因為情人節快到的關係嗎？」

「是啊。」

揉了揉重重的黑眼圈，左歌一副想睡的模樣說道：

「這些盒子內，全都是為了情人節準備的巧克力。」

「難怪我覺得空氣中瀰漫著一股甜味……」

我抬頭看著眼前如山一般高的巧克力，看來剛剛左歌拿來敲我頭的也是這東西。

「也就是說，表姊因為不管怎麼做都找不到對象，所以只好實行亂槍打鳥戰術，每個人都發一盒巧克力，看有沒有膚淺的處男會因為這樣而淪陷——」

「你到底把我想得多飢渴！才不是這樣！」

「除此之外，我想不到其他可能性了。」

「你說的太誇張了，明明就有別種可能。」

「比方說？」

「比方說，這些全都是仰慕我的男孩子送我的巧克力——」

「……………………」

「那個……我道歉，請不要用這麼虛無的眼神看著我，我感到很害怕。」

「所以這麼大量的巧克力到底是怎麼來的？」

「是左獨當家準備的，為了之後的情人節活動。」

「喔喔！又有活動。」

每個節日都精心設計有趣的活動，不管幾次，我都對左獨的心意感到敬佩。即使花費重本，她也希望每個人都能盡情享受學生生活。

「不過這次的活動很單純，每人限領一盒巧克力，供學生自行運用，要送人或是自己吃掉都沒關係。」

「喂，這可是名牌巧克力，在外面買，一盒少說也要一萬元——你的手為什麼要突然伸到裙子中，該不會是想拔槍搶劫吧！」

「咦？只有這樣？」

嘖，校門口人太多了，要不然我鐵定把左歌打昏然後搶走所有巧克力。

「不過反正結果不變，班上的男同學都是我的俘虜，遲早這些巧克力都會落到我手中——不對，但是女生怎麼辦？有了，乾脆化身為海溫，讓這些女生都傾心於我。」

「嗚哇……我面前有一個不得了的人型垃圾啊。」

「不過真不愧是左當家，真是富含教育意義的活動。」

我連連點頭說道：

「想必她是想藉著巧克力告訴大家：越是優秀的人就能拿到越多資產，沒用的人只能化為優秀之人的餌食，甚至連自己手上僅有的資產都會心甘情願地進貢給強者。」

「……我還是第一次看到有人能把情人節解釋得如此險惡。」

「這個殘酷的社會不是全有就是全無！若是無法成功，就只能淪為什麼都沒有的失敗者！」

「別把所有人都想得跟你一樣無可救藥，左獨當家舉辦這個活動，為的是給學生們『往前一步的勇氣』。」

「勇氣？」

「每盒巧克力中都藏著某種東西，例如兩張電影票、兩張動物園的票、健身房的套餐方案，以及造型師、髮型師和全身美容的免費體驗。」

「喔喔……」

「左獨當家想跟收到巧克力的學生說——若是你有心儀的對象，就下定決心讓自己變得更好，或是鼓起勇氣讓你們的關係往前邁進吧。」

「……」

「畢竟，每個人的高中生活只有一次啊。」

聽到這邊，我再度對左獨起了敬意。

明明自己在愛情上嘗了這麼多苦頭，卻沒有將這股懊悔強加給學生。

她確實是個了不起的教育者。

「這是你的份。」

左歌從巧克力堆中拿了一盒給我。

「謝啦，表姊，課堂上見。」

我收下後，經過她往二年異班走。

雖然沒有詳細檢查過她的身體，但是左歌看起來一如往常。

大概只是一時之間太忙所以才沒回家，或是左獨搞錯了什麼吧？

就在我這麼想時——

我的衣角突然被拉了一下，讓我不禁停下腳步。

「奈唯亞，等一下。」

左歌追上了我，從懷中拿出了一小盒不起眼的巧克力。

「這盒也是給你的。」

「這看起來很便宜的巧克力是什麼？」

「看起來很廉價真是不好意思喔……」

左歌癟了癟嘴說道：

「這盒是我手工製作的巧克力。」

「……表姊做的？」

「是啊。」

「送給我的？」

「是啊，就是送給你的。」

我抬頭看了一下左歌，又看了一下手中的手工巧克力。

「…………………………表姊，我有一件很重要的事要跟妳確認。」

「怎麼了？這麼慎重其事？」

「妳應該……沒有愛上我對吧？」

「你的腦迴路是怎麼回事！剛剛我們的對話是怎麼得出這結論的？」

「確定嗎？不是那種表面上否認，但實際上已經愛我愛得要死的那種套路吧？」

「你到底有多自我感覺良好！為何要反覆確認！」

「不是，最近不知為何，都有意想不到的人愛上我……讓我非常困擾。」

「這種名為炫耀的困擾究竟是怎麼回事？你這現充怎麼不乾脆去爆炸算了。」

左歌嘆了一口氣說道：

「我之前早就說過了，我深知你的本性，就算天地倒轉，我也不可能愛上你。」

「既然不是因為愛上我，那妳給我手製巧克力做什麼？」

「……雖然平常總是被你惡整，但確實也受過你不少幫助。」

左歌露出微笑說道：

「我只是想藉這個節日，表達一下我的心意。」

「嗯……？」

「謝謝你至今為止為我和大小姐做的一切。」

總覺得有些奇怪。

左歌是會做這種事的人嗎？

表面上看起來很平常一樣，但是不知為何——

我從她的話中感受到一股濃濃的道別之意。

「喂，表姊——」

就在我打算問得更清楚些時，讓人意想不到的異變突然發生了。
我懷中的高級巧克力突然發出了燦爛的光芒！
──**「本次情人節活動最大得獎者已出爐。」**
代理左獨的聲音，透過廣播傳遍了全校。
「喂，表姊，這是怎麼回事？」
「啊……恭喜。」
左歌面無表情地拍著手。
「沒想到中獎的人是你啊。」
「中什麼獎？」
在左歌還沒回答我前，廣播聲就將我想聽的答案吐了出來。
──**大家都知道，情人節活動準備的巧克力中都藏著小禮物，而在那些驚喜之中，隱藏著大家夢寐以求的頭獎。**
「頭獎？」
照常理說，中頭獎的我是應該要為此開心的。

但不知為何我的本能在此時響起了警報聲。

總覺得……某種麻煩事要找上門來了。

——恭喜二年異班的奈唯亞・逢・愛莉莎維爾獲得了這項殊榮！

慶祝的音樂響了起來，所有人都轉頭看向我，眼中冒出了好奇的光芒。

從他們的反應，我明白了誰都不知道頭獎究竟是什麼。

——情人節頭獎的內容，是奈唯亞必須舉辦一場婚禮。

「咦？」

過度難以理解的內容，讓我發出了疑惑的聲音。

——時間是一星期後的情人節。

我彷彿可以看到真正的左獨在我看不到的地方掩嘴偷笑。

——奈唯亞，請妳和某個人舉辦結婚典禮吧。

「咦咦咦咦欸欸欸欸欸欸欸欸欸欸欸欸欸欸欸欸欸欸欸欸————！」

混合興奮、吃驚、不解的尖叫聲，瞬間吞沒了我和整所學校。

第二章 要是連傳說都不知道，當個隨扈可是活不下去的

剩餘報酬：82億

在那轟動全校的廣播後，我被帶到了某個房間，裡頭有一個人在等我。

「以下說明情人節頭獎的內容。」

無圓缺不知為何戴上了眼鏡，以一副精明能幹的模樣說道：

「雖然剛剛廣播這麼說，但這其實只是『模擬婚禮』，你只要模擬、完成這段婚禮的過程即可，並不用真的結婚。當然，你若是要假戲真做也是可以的。」

「……」

「婚禮籌備需要的人員、場地和資金，由『左』全數提供。」

「…………」

「以上，說明完畢——痛痛痛，為什麼要突然捏我的臉？」

即使被我捏得臉變形，無圓缺仍什麼表情都沒有。

「我說啊，無圓缺，不是說要為自己而活嗎？妳什麼時候站在左當家那邊了啊？」

「為自己而活……是啊，我也曾有過那麼天真的時代呢。」

「別說得好像已經過去一樣，明明只是昨天的事。」

「總有一天你也會懂的，為自己而活只是不切實際的夢想，人類不過就是金錢的奴隸而已。」

有種正在照鏡子的感覺，不愧是號稱我分身的存在。

「若是能當有錢人，誰想當個窮人呢？」

「……」

「但是，我只是個被命運捉弄的平凡人，光是活下去就竭盡全力。」

「…………」

「我不是『想要』當個社畜——我是『只能』當個社畜，汪汪。」

「不，再怎麼說我也沒這麼誇張吧。」

別用我的臺詞說出這麼無可救藥的話啊。

「總之，我現在的身分，算是左獨當家的祕書，或者可以說是代行者。」

「不是已經有很多代理左獨了嗎？」

那個總是出現在人前，帥氣的四十歲大叔。

「但像我這樣知曉左獨真面目、熟知裡世界和『ＬＳ任務』的人似乎很有限吧，所以左當家聘用了我。」

「這樣說也有道理。」

不過左獨這人也太大膽了。

竟然起用了之前還是敵對陣營的殺手。

「這個活動雖然還有很多細項要注意，但目標其實很明確，你必須在一星期後的情人節，找個人一同舉辦婚禮。」

「若是我不找人呢？」

「那麼，當天就會舉辦你的一人婚禮。」

「……」

「會讓你一個人步行進教堂、讓你一個人和神父宣誓、讓你對著空氣戴上戒指和接吻——」

「這畫面也太可怕了！」

根本是如地獄般的場景。

「總之，就是一定要完成這場婚禮就是了？」

「是的。」

「……我從最初聽到頭獎內容時就很想問了，這根本不是獎勵而是懲罰吧？」

強迫他人舉辦婚禮，也不管對方的意願。

在我中獎後，班上的氣氛就莫名的有些浮躁。

對我有好感的男生頻頻偷瞄我，好像很希望我挑選他們當結婚對象似的。

「白色死神。」

可能是該說明的都說明完畢，無圓缺脫下眼鏡，恢復了原本的模樣說道：

「我倒是認為，這對我、對你……不，應該說對我們，都毫無疑問是獎勵喔……」

「什麼意思？」

「呵呵……沒想到，明明是同樣的人，卻還是有著自覺上的差異呢……」

「……別賣關子了，快告訴我。」

「才不要呢……反正就算我不說……你也遲早都會察覺的……」

無圓缺將臉的下半部藏在圍巾中說道：

「雖然……我不知道真的明白了，對你來說究竟算不算是一件好事……」

很快地，就到了中午的休息時光。

「啊……」

我一邊快步往前走，一邊有些煩躁地用手摸著自己的頭髮。

仔細想想，我會在這時中獎也太過巧合了，很有可能是左獨暗中動了手腳，故意讓我抽中了頭獎。

但他的用意究竟是什麼？跟委託我去找「一成神醫」有關係嗎？

「總覺得麻煩的事情正在不斷增加。」

寒假結束才開學一星期啊。

我那詛咒的體質是不是越來越嚴重了？

「而且，最重要的『ＬＳ任務』也完全不順利。」

——「其實，我跟海溫先生從小一同長大，他是我的未婚夫。」

——「我愛著他，愛到想要和他共度一生的程度。」

自從對左櫻說出這樣的謊言後，我們就再也沒單獨相處過了。

即使我想像以往一樣靠近左櫻，她也會馬上逃走。

一直以來從未間斷的午餐會也因此停辦了。

「真是太諷刺了。」

明明自詡是人渣，卻不知道怎麼打消他人對我的戀心。

「更糟糕的是，左櫻因為傷心，還偷偷在半夜哭了兩次。」

這使得我的酬勞從84億進一步減少到了82億。

果然，這樣的處理還是太粗糙了嗎？

但是面對她直率的心意，這樣的謊言已是我那時所能想到的最好一個。

「雖然還不知道怎麼辦好，但不能再放任這種狀況下去了。」

必須努力讓一切都恢復正軌才行。

握住通往屋頂的門把，我在腦中模擬接著要跟左櫻要說的話。

首先面帶笑容跟她打招呼，接著再把一早起來準備的便當拿出來。

「很好，完美。」

就是這樣。

先和好之後再一起吃個午餐。

發生過的事無法當作沒發生，說過的話也無法收回。

但是不管幾次，人類都能重新構築關係。

這次，一定要成為左櫻的閨密——

——砰！

就像是要嘲笑我的想法，一道衝擊朝我臉上撞了上來！

「嗚啊——！奈唯亞！抱歉！我不知道妳在！」

睽違一星期不見的左櫻，慌慌張張地說道：

「妳、妳還好嗎？」

蹲在地上，我雙手摀著臉忍耐痛苦。

我是不是太鬆懈了？

要是以前的話，我連零距離的槍擊都能閃掉，迎面而來的門怎麼可能打得到我。

「奈、奈唯亞……」

「咦？」

總覺得臉上有些溼，我抬頭一看——

——任務獎勵扣除一億元。

伴隨著扣除獎勵的聲音，我看到了滿臉淚痕的左櫻。

「左櫻大人！」

我慌慌張張地站起身，露出我自認完美的笑容。

「奈唯亞沒事！妳看我什麼傷都沒有——」

「幫幫我……」

「咦？」

我驚覺到了不對勁，也意識到了左櫻並不是因為開門打到我而哭泣。

「為什麼、為什麼……」

豆大的淚珠從左櫻雙眼中淌出。

「為什麼——」

「左歌要一聲不響就離開我們呢？」

等到左櫻稍稍恢復冷靜後，我從她的口中知道了大致情況。

在我聽無圓缺解說情人節頭獎的規則時，左歌離開了「左」。

辭去了教師、左櫻專屬女僕的職位後，就這樣乾脆地消失了。

「為什麼呢？」

「我也不知道，她什麼都沒說。」

左櫻拿出一盒和我一樣的手工巧克力說道：

「我在屋頂處發現她留下的巧克力，以及內容十分簡單的信。」

我打開左櫻遞給我的信，裡頭只寫著「謝謝大小姐至今為止的照顧，再見了。」這種冰冷的道別。

「我請親衛隊向本家確認了，左歌提出了正式的申請文件，而我父親左獨也允許了她的辭職。」

「看來是心意已決啊。」

早上的感覺並不是錯覺，左歌雖然表面上一副沒事的樣子，但確實在她身上正發生著什麼。

「表姊從什麼時候開始出現異常的？」

「坦白說，她的表現一直和平常一樣，要不是她突然不告而別，我根本就不會察覺。」

「那她現在有可能在哪邊？有頭緒嗎？」

「…………………不知道。」

左櫻低著頭，情緒極度低落地說道：

「我不知道她的生活狀況、不知道她喜歡去的地方，我甚至不知道她今晚有沒有睡覺的地方。」

「…………」

「我們因『魔法』冷戰了十年，最近託奈唯亞的福，好不容易和解了。」

眼淚再度從左櫻眼中滾落。

「我以為之後多的是時間相處，所以就鬆懈了，完全沒有努力去彌補之前空白的十年，只是單方面享受左歌對我的付出，我真是個愚蠢至極的大笨蛋。」

——**任務獎勵扣除一億元**。

我也是一樣的。

我自以為瞭解左歌。

但此時事情發生後，我才發現我對她根本是一無所知。

不過現在那些都不重要！

得快點想個辦法讓左櫻停止哭泣才行。

「左櫻大人，妳先冷靜一些。」

我從懷中拿出手機，指著上面的畫面說道：

「事情沒有妳想得那麼嚴重。」

「妳怎麼知道？」

「我有她的ＧＰＳ定位，依照地圖上的顯示，她現在正在這個地方。」

「太好了，她沒事……我還擔心她若是就此消失，再也碰不到面該如何是好——嗯？」

像是突然想到什麼，左櫻抬起頭來問道：

「不過，奈唯亞妳為何有左歌的ＧＰＳ定位？」

「……別在意，我只是想要能無時無刻掌握她在何方而已。」

「不，這很需要在意吧？畢竟是那麼值得羨慕的事。」

這到底哪裡有值得欽羨的要素了？

「總之，左櫻大人，絕不能讓她一聲不吭就消失了。」

我拉起左櫻說道：

「追上去問個清楚吧。」

蹺掉下午課的我和左櫻，來到了目的地。

看著眼前的建築物，左櫻面露擔憂之色。

這也不能怪她，因為在我們面前的是五色醫院。

從剛剛開始，左歌的位置就停在此處。

「先等一下，左櫻大人。」

我用手勢攔住了左櫻。

「我們現在進去，真的適當嗎？」

「嗯……？」

聽到我這麼說，左櫻先是面露少許疑惑之色，接著馬上理解了我在說什麼。

我們不知道左歌身上發生了什麼事。

依照目前看到的線索來看，左歌極有可能是生了什麼重病。

但既然她之前什麼都沒說，就表示她並不想讓人知道。

「那麼，我們該怎麼辦？」

「也只能在這邊等待了吧。」

我和左櫻坐在路邊的長椅上，從這個地方可以看到醫院的門口。

「這樣若是表姊出來，我們可以裝作巧遇的樣子和她打招呼。」

「嗯……」

左櫻點了點頭後，不發一語。

被她沉重的情緒感染，我也跟著陷入沉默。

時間很快地就過去了十分鐘。

坦白說，這股低迷的氣氛有些難熬。

奇怪？我們之前是怎麼相處的來著？

不，應該說我為何要在意左櫻的心情，憑藉我的手腕，要逗人開心一點問題都沒有吧。

但是看著左櫻哀愁的模樣，我的嘴巴就像是被膠水黏住似的完全打不開。

「左歌她從小和我一同長大，教了我許多事情，我一直把她當作姊姊一般仰慕。」

就在我胡思亂想時，左櫻突然開口。

「然後，在我五歲時，『魔法意外』發生了，我將自己封閉了起來，不讓任何人靠近我。」

「嗯……」

「但是，即使我推開所有人，左歌仍沒有逃離我；即使我不跟她說話，她也總是面帶微笑和我問好，現在回想起來，我能度過那十年，都是託了左歌的福。」

回憶過往的左櫻，看著遠方說道：

「就像是理所當然一般，她每天都出現在我身邊，日復一日、年復一年——直到我把她在我身旁一事當作理所當然。」

「嗯。」

「她從沒有一天缺席過，從來沒有……」

左櫻雙手摀面，語帶哽咽地說道：

「若是她真的生了不得了的重病的話，那我該怎麼辦……我根本就沒有回報她任何一丁點的恩情……」

「左櫻大人！」

深怕她又掉眼淚的我趕緊出聲安撫道：

「還不知道表姊是什麼狀況，我們先別急著下定論。」

「妳說得對，奈唯亞。」

左櫻擦了擦眼睛，抬起頭來說道：

「事情還沒確定，我不能先喪氣，要不然就沒有人能幫助左歌了。」

左櫻用雙手「啪啪」地拍了一下雙頰，很快恢復了平常冷靜的樣子。

不愧是「左」的繼承人，在自我控制這方面十分優秀。

之所以剛剛會露出如此驚慌失措的表情，想必也是因為左歌在她心中真的占了很重要的地位——

「謝謝妳聽我說，奈唯亞。」

左櫻對我露出放心的笑容說道：

「除了左歌外，妳是我唯一一個能表露真心的人了。」

「……………………」

一直以來，我都在對左櫻說謊。

就連現在處在她面前的這副外表都是假象。

我自詡是惡人，也不覺得我能改變。

但是為何呢——

心中這股微微的刺痛感是怎麼一回事？

「唉呀。」

此時，一個彷彿左歌的聲音，切斷了我那胡亂的思緒。

「十幾年未見了吧。」

我跟左櫻同時回頭。

白色的及腰長髮，和左歌無比相似的長相和身材。

「我一眼就認出妳了，左櫻大小姐。」

穿著洋裝，長髮版本的左歌雙手拉起裙角，微微蹲下身子說道：

「左歌的母親——左弦，在此向妳請安。」

「十幾年未見了，左弦小姐依舊年輕，幾乎沒有改變呢。」

「大小姐過獎了。」

露出淺淺的笑容，左弦笑道：

「雖然輩份比妳高，但我畢竟是左家的人，請直呼我的名字吧。」

「既然妳都這麼說，那我就不客氣了。」

坐在位置上的左櫻挺直背脊點了點頭，進入了左家公主模式。

「大小姐旁邊這位是……？」

「她的名字叫奈唯亞，是父親從島外請來的隨扈。」

「原來妳就是左當家請來的那位……」

手摀著嘴巴，左弦以好奇的目光上下打量我。

看著眼前笑吟吟的左弦，我回想自己在扮演左歌表妹前曾看過的基本資料。

左歌的父親早逝，母親是左弦，後來再婚。

不過說來也奇怪，我和左歌住在一起也有一段時間了，卻從沒聽她提過父母的事，也不曾見過她和父母相處的畫面。

是和父母關係不好，還是家中有什麼隱情呢？

「想必大小姐是來找小女的吧，她在502病房，或許妳可以去看看。」

「我現在過去的話，對左歌會不會不方便？」

「妳在說什麼呢？小女一直把妳當作她最珍愛的寶物，不管什麼時候看到妳，她都會開心的。」

「嗯……」

「別擔心，大小姐。」

左弦露出彷彿看穿一切的眼神說道：

「妳在懷疑她生了什麼病吧？但她沒事的。」

「真的嗎？」

「真的，因為得了絕症的人是我。」

「……咦？」

「為了在我最後的時光多陪我一些，左歌才從『左』辭職的。」

雖然話中的內容很嚴重，但左弦仍露出一臉輕鬆的表情笑道：

「我隨時有可能會死，大概活不過半個月。」

「…………………………」

左弦的話讓人完全反應不過來。

太過突然了，甚至讓人懷疑她是不是在開一個很難笑的玩笑。

但是長期在裡世界打滾的我，在關鍵時刻的直覺從沒失準過。

——她確實已時日無多了。

「兩位快上去吧，要不然會客時間說不定就要結束了。」

左弦催促我和左櫻。

「左弦不一起上去嗎？」

「我待會還有事，就先和兩位道別了。」

在踏入醫院前，左櫻頻頻回頭看著在身後揮手的左弦。

「怎麼了？左櫻大人。」

「我也不知道……但就是覺得有些奇怪。」

「哪裡奇怪？」

「明明這麼久沒見了，但是——」

「左弦身上，傳來一股很熟悉的味道。」

不管左櫻怎麼想都想不出異樣的原因，所以最後她以是自己的錯覺帶過了這個話題。

「奈唯亞。」

走在醫院中，左櫻開口問道：

「你覺得左弦真的時日無多了嗎？」

「我認為應該是事實。」

「……為何？」

「因為，妳的母……妳的父親左獨前幾天曾找上我，委託我去尋找『一成神醫』。」

「『一成神醫』？」

看著一臉疑惑的左櫻，我試著跟她解釋了這人是誰。

可以治療一般人無法治癒的疾病，成功率卻只有一成。

「雖然這只是我的猜想，但或許左當家是想要尋找『一成神醫』，來治療左弦。」

「是這樣嗎……他竟然還做出這種事啊？」

左櫻咬著下嘴唇，就像是強忍著什麼說道：

「明明跟自己的女兒一句話都不說，卻不惜花十億為代價救一個女人？」

「……………」

這對母女的關係，還是一樣複雜。

一直到現在，左櫻還是認為替身左獨是她真正的父親。

真正左獨和左櫻碰面的日子，看起來似乎遙遙無期。

但這也是沒辦法的事。

只要左獨顯露出疼愛左櫻的模樣——即使只有那麼一點，無數的危險就會襲向左櫻。

若是演變成這種狀況，左櫻根本不可能像現在這般自由自在地生活，我也不可能保護得了她。

「算了，他的事不管想再多都是浪費時間，就算他跟左弦之間有什麼親密關係，那也不是我該在意的。」

左櫻搖了搖手，很快地又恢復平常的樣子。

「回到原本的話題，誰都找不到的神醫啊……真的有這個人存在嗎？」

「奈唯亞曾看過他，他確實是存在於世的人物，但不管多努力，都不可能找到他的。」

「……為什麼？」

「因為他已經死了。」

「咦？」

「『一成神醫』死了，早在很久以前就死了。」

看著左櫻有些驚訝的模樣，我把下一句硬生生吞下了肚。

──他就死在我的面前。

所以，才會誰都找不到他。

「到了，左櫻大人。」

我和左櫻來到了502病房門前。

「若是看到表姊，妳想要怎麼做呢？」

「坦白說，我有些生氣。」

「對她嗎？」

「不，是對我自己。」

左櫻緊握拳頭說道：

「遇到這麼痛苦的事，左歌所做的第一個選擇竟不是找我，我對這樣的自己感到很生氣。」

「嗯……」

「所以，當看到她時，我一定先給她一個擁抱，然後這次我一定要大聲地告訴她：

『妳不是一個人，之後也不會是一個人。』」

「這樣很好，就這麼做吧。」

「那麼，奈唯亞呢？」

「嗯？」

「見到左歌後，妳想怎麼做？」

「…………………」

我沒有想過。

或者應該說，我下意識地避開去思考這個問題。

左歌是我「LS任務」的副手，但我們的關係僅止於此。

在「無名」的事件中，我已嘗過教訓。

——我不是英雄。

我只能保護左櫻，也只能將心力花在她身上。

所以，身為隨扈——身為白色死神，我的答案只有一個——

不管左歌身上發生什麼事，那都和我無關。

我想，我之所以放棄思考，就是怕發現我會得出這樣的結論吧。

「奈唯亞，要進去囉。」

在我胡思亂想時，左櫻似乎已經打開了病房的門。

拉著我的手，我們一同向前邁進——

「唉呀。」

但是，在病房中等著我們的人，並不是左歌。

「十幾年未見了吧。」

白色的及腰長髮，和左歌無比相似的長相和身材。

「我一眼就認出妳了，左櫻大小姐。」

穿著醫院中的病袍，長髮版本的左歌向我們點頭說道：

「左歌的母親——左弦，在此向妳請安。」

「…………………」

我和左櫻忍不住揉了揉眼睛。

咦？咦？

這強烈的既視感是怎麼回事？

「左弦妳……剛剛不是說有事要辦嗎？怎麼回到病房了？」

「嗯？大小姐，妳在說什麼？」

左弦微微歪著頭說道：

「我一直待在病房啊，已經一個星期沒出去過了。」

「怎麼可能——」

「左櫻大人。」

我伸手按住了左櫻的肩膀，阻止她發話。

「雖然很難以置信，但左弦小姐說的大概是實話。」

在和左弦分別後，我和左櫻馬上進了醫院，以最短路線來到了502病房。

若是要趕在我們之前回到病房，那就必須從其他醫院的其他入口一路跑過來。

但是，眼前的左弦臉不紅氣不喘，不管是心跳還是呼吸都十分平穩，完全不像是運動過後的模樣。

「如果她沒有說謊——」

左櫻有些混亂地說道：

「那我們剛剛在醫院門口看到的左弦究竟是誰？」

跟無名那時有些像。

彷彿時光倒流，曾經發生過的事再度重演。

但是，無名的「不死」，其基礎是因為他那龐大的「數量」。

左弦只是普通人，背後並沒有龐大的組織支持，很難想像她其實是一個團體。

那麼，結論只有一個。

雖然不知道為什麼要這麼做。

但左弦用了我們所想不到的方法，趕在我們之前回到了病房。

「奈唯亞，妳、妳、妳、妳……」

「怎麼了，左櫻大人，聲音突然抖成這樣？」

「妳、妳妳妳妳看窗外——」

順著她那顫抖不已的手指，我從窗戶往下看。

「…………………………………………」

一樓的左弦抬起頭，對我們露出了微笑，揮了揮手。

我抬起頭來看，五樓的左弦也露出了一模一樣的微笑。

一股寒意從我背上竄了上來。

「竟然……同時存在？」

一樓和五樓病房，並存著兩個左弦。

「你們也看到了另一個媽媽了嗎？」

左歌的聲音突然從身後傳來，我和左櫻同時轉過頭去。

只見她不知何時來到502病房，手中提著探病用的水果和鮮花。

「大小姐，奈唯亞，現在你們知道我母親生了什麼病了嗎？」

「……什麼病？」

「只有一種病，可能導致這個世界產生和自己一樣的存在吧？」

「可是，那與其說是病，不如說是某種『傳說』——」

「是的，就是那個。」

左歌點了點頭，肯定了我腦中那荒謬至極的猜測。

「我母親生的病，名為『二重身』——」

「是一種只要看到自己就會死掉的疾病。」

第三章 要是連參加相親都不會，當個隨扈可是活不下去的

剩餘報酬：80億

——二重身。

這個名稱還有許多別稱，例如生靈、生魂、分身之類的。

但不管是哪個，說的都是同一件事。

傳聞這個世界中，有著和自己一模一樣的存在。

當你「目睹自己」後，就表示你即將死亡。

據說美國總統林肯以及日本作家芥川龍之介，都曾看過自己的二重身，而這兩人也在看到自己的不久後死亡。

「在一星期前，媽媽初次看到了自己的『二重身』。」

左歌捧著剛剛買的咖啡，背靠牆說道：

「從那刻起，媽媽的身體狀況就急轉直下，她自己也覺得大限已到，於是開始安排和交代自己的後事。」

為了怕打擾身體虛弱的左弦，左歌請我們先離開502病房。

我也趁著那段時間趕緊下樓去尋找左弦的二重身，但不管怎麼找都找不到。

就像是煙霧一般，左弦的二重身就這樣突然消失了。

過了約莫十五分鐘後，我們一行三人來到醫院的走廊上，進行更進一步的談話。

「媽媽的身體很虛弱，從來沒有離開醫院，所以一開始時，大家以為只是媽媽的妄想或是幻覺。但緊接著，奇怪的事發生了。」

喝了一口熱咖啡後，顯得十分疲倦的左歌說道：

「媽媽的『二重身』化作了實體，頻繁地出現在五色醫院四周，許多護士和醫生都目睹到了另一個媽媽。」

「這還真是奇怪啊。」

「是啊，照原本的傳說，『二重身』應該是只有本人才能看到的東西，根本不會像這樣到處找人談話。」

「真的是名副其實的『二重身』啊……幾乎等同於另一個自己了。」

也就是說，這兩個左弦是獨立的個體。

不同於無名那時，她們的行動和記憶是分開的，兩者互不相干，也無法互通和繼承。

「那個……這個話題還要說多久呢？」

從剛剛開始就一言不發的左櫻突然開口道：

「我們是不是該談點別的了？」

「嗯？大小姐想談什麼？」

「例如奈唯亞的眉毛角度之類的就不錯。」

「……抱歉，大小姐，這話題即使對我來說都太過高段了，我真的跟不上。」

「要不然這樣好了，難得這邊都是女孩子，來說點女孩子之間的話題吧。」

「比方說？」

「女孩子都喜歡漂亮、可愛的事物，所以——」

「我們來談論奈唯亞的五官有多端正吧。」

「可不可以不要再糾結奈唯亞身上的器官了！」

「不，這個話題好，奈唯亞也覺得自己的五官簡直有如神造的奇蹟一般。」

「妳也夠了！不要藉機自賣自誇！」

左歌手按著額頭，嘆了一口氣說道：

「而且說到女孩子間會聊的話題，除了男人之間那曼妙的友情外，不可能有別的了吧。」

「不……這才是最不可能聊的話題吧。」

總覺得氣氛在不知不覺回到跟平常一樣了。

莫非左櫻就是想揮別剛剛那種沉重的氣氛，所以才改變話題的嗎？

真不愧是左家的繼承人，敏銳度果真不一樣。

「那麼，接著表姊打算怎麼做呢？」

「也不能怎麼辦，只希望這狀況能一直維持下去。」

「維持？」

「妳有沒有想過呢？為何總是說看到另一個自己的人，即將命不久矣？」

「嗯……」

我回想自己曾看過的「二重身」傳說。

「有一種說法是，這世上不需要同樣的兩個人，所以分身為了抹消原本的自己，會找機會幹掉本尊——」

「嗚啊噫噫欸哇哇哇——————！」

突然地，一個奇異的驚叫聲響了起來。

「左櫻大人，妳剛剛有沒有聽到一個奇怪的叫聲，彷彿青蛙被輪胎輾過的慘叫聲。」

「沒有，當然沒有。」

左櫻搖著頭說道：

「我什麼都沒聽到。」

奇怪，是錯覺嗎？還是最近聽太多竊聽器的聲音，導致聽覺失靈了？

「若依照這個傳說的內容。」

左歌接著我的話繼續說了下去。

「或許媽媽剩餘壽命的長度，和『二重身』靠近她的距離相關。」
「也就是說，距離越近，壽命越短？」
「是的，現在『二重身』還在醫院外頭，而媽媽則是在五樓的病房中，接著隨著時間推移，大概會慢慢靠近吧，首先是一樓、再來是二樓、三樓、四樓、五樓……」
「最後，腳步聲會慢慢地靠近502病房，直到來到左弦的床前——」
「別、別再說了啊啊啊啊啊啊啊啊啊——！」
我身旁的左櫻發出了我第一次聽見的悲鳴。
她雙手抱著頭，蹲下身子縮成了一團。
「咦？」
從這個反應來判斷，左櫻剛剛強硬的轉換話題，其實是因為——
「沒想到過了這麼久，大小姐還是沒克服自己的弱點啊。」
左歌搖了搖頭說道：
「大小姐很怕靈異方面的話題。」
「才、才不是這樣呢！」
左櫻眼角帶著淚，逞強地搖著頭說道：
「我只是被你們那低沉的聲音嚇到了！」
「可是左櫻大人，妳的身體好像還在抖耶。」
「我只是有點冷而已！」

左櫻手扶著牆想要站起身，但是雙腳發軟的她就像剛出生的小鹿一般，只能以內八的方式勉強站立。

看到她這樣子，我忍不住起了一點惡作劇的心。

「花子。」

「啊啊啊啊啊啊啊！」

「裂嘴女。」

「啊啊啊啊啊啊啊啊啊啊啊啊啊啊啊啊啊啊啊啊啊！」

「百合花。」

「奈唯亞，不要再鬧了，我就說是妳誤會了，我根本就不怕鬼怪之類的東西——」

「左歌表姊。」

「嗚啊啊啊啊啊啊啊啊啊啊啊啊啊啊啊啊啊啊啊啊啊啊啊啊啊————！」

「等一下！為何聽到我的名字會慘叫啊！」

「啊啊啊啊啊左歌、左歌說話了啊啊啊啊啊啊！」

「我會說話不是當然的嗎！大小姐妳冷靜一點！」

左櫻明顯陷入了恐慌狀態。

這時，可能是聲音太大聲，引來了對她而言的最後一擊。

「左櫻大小姐。」

左弦從502病房中走出來，以擔心的表情拍了一下左櫻的肩膀。

「妳還好嗎？」

「…………………………」

左櫻轉頭看著左弦，臉上的血色「唰」的一聲退去，變得蒼白。

她的雙眼一翻，就這樣失去了意識，我趕緊在她倒地前接住了她。

此時我才發現，在剛剛胡鬧時，我們已經不知不覺被醫院裡的人關注。

為了怕左家繼承人的醜態被記錄下來，我趕緊把左櫻抱了起來，和左歌一同逃離了醫院。

「是你的不對。」

時間已經是黃昏，走在回左櫻家的路上，左歌毫不客氣地說道：

「沒事去捉弄大小姐做什麼。」

「坦白說我也在反省。」

竟然會因為覺得很有趣就去惡作劇，這還真不像是我會做的事。

「但難道表姊就沒錯嗎？她可是聽到妳的名字後才昏倒的，對，仔細想想，我的錯只占全部的1％吧，四捨五入後就等於沒錯。」

「嗚哇……這推卸責任的順暢度，根本堪稱藝術。」

「過獎了，畢竟我一輩子都在這麼做呢。」

「這不值得驕傲，還有你抱大小姐的方式，就不能更浪漫一點嗎？」

「嗯？」

我看了看自己肩上的昏迷左櫻，她就像是沙包一樣被我扛著。

「這是最省力的方式，戰場上都是這麼做的。」

「我不是在說那個……唉，算了。」

不知不覺間，我們的談話又恢復了原本的節奏，就像是什麼事都沒發生似的。

「奈唯亞。」

「嗯？」

「即使是妳，也找不到『一成神醫』，是嗎？」

「是的，畢竟他已不存在於世了。」

「是這樣嗎……」

左歌低下頭，不知道在想些什麼。

「為何左當家不惜花十億也要救妳母親呢？」

「因為媽媽是左獨當家的專屬女僕。」

「就像是妳跟左櫻之間的關係？」

「是的，媽媽從年輕時就是服侍左家的女僕，其優異的表現，讓她三年前成為了左獨當家的專屬僕從。」

左歌仰頭看向天空，低聲說道：

「而我也是因為憧憬著母親工作的姿態，才選擇了了女僕這條路。」

也難怪左獨這次會特地拉下身段來委託我了。

由她這個舉動判斷，或許她跟左弦之間的感情，比我想的還深厚吧。

「自從當上左獨的女僕後，我就再也沒跟媽媽見過面了。」

這也是當然的。

因為左獨的真實身分，就連自己的女兒都不知道。

為了不暴露情報，左弦在被選上的那刻，就只能跟真正的左獨一同消失在這個世上。

「妳跟母親之間的感情好嗎？」

「算好嗎？我也不知道。」

左歌面無表情地說道：

「在還住在一起時，常嫌她囉嗦，但當她消失後，我一直很想見她一面。」

「聽起來就是很一般的母女關係。」

「雖然可能會讓你訝異，但我的家庭其實很普通的。」

「這有什麼好驚訝的？」

「畢竟我身體內隱藏著如此龐大的能量，我一直懷疑母親可能是某種傳說中的生物，而我則繼承了她的血。」

「不管發生什麼事，表姊都還是一樣呢……」

一樣無可救藥。

「是啊，所以，不要擔心。」

左歌露出淡到幾乎看不到的微笑道：

「我只是暫時離開左家，陪伴在母親身邊而已，等到一切結束後就會回家了。」

「咦……要回來嗎？這樣我生活的空間就要變小了耶。」

「那本來可是我的房間啊！你根本就沒資格露出困擾的神情吧！」

在橙黃色的夕陽底下，左歌的表情和表現就和平常相同，就連我都看不出任何異狀。

她並沒有向我求救。

而只要沒有利益，我也不會出手給自己找麻煩。

在那之後，我們一同把昏迷的左櫻送到了她的住處，左歌說要回醫院，於是跟我道別了。

但就在即將分別前，她問了我最後一個問題。

「奈唯亞。」

左歌的語氣，就像是問我「今天早餐吃什麼」一般隨意。

「依你看，我的媽媽還有救嗎？」

「我並不知道詳細的病情，所以也說不準。」

「嗯。」

「但是，如果連左獨的醫療團隊都救不了她，那大概這世上也沒人能救她了。」

「嗯，果然是如此。」

左歌抬起頭，不知為何露出笑容說道：

「謝謝你這麼斬釘截鐵地跟我說，這樣我總算能下定決心了。」

在漫長的白色死神過程中，我遇過無數次生死危機，儘管有很多次差點死亡，但最後總是能存活下來。

之所以能做到此事，是因為在最緊急的時刻，我的腦中總會有某種靈光一閃而過。

那條光之道，是無數難解問題中的唯一生路。

分析現況，運轉所有腦細胞。

將至今為止學過的知識、技藝結合在一起，才使得那條狹隘的生路出現。

所以，我總是遵循我的直覺。

在和左歌分開後，我的直覺告訴我——

不能放下這樣的她不管。

於是，儘管和左歌話別了，但我仍在當天晚上殺了回馬槍，回到了五色醫院。

因為早已過了訪客探望的時間，我一路從醫院外攀升上去，躲在502病房的窗外，偷偷地打量裡頭的狀況。

昏黑的病房中，躺著看起來非常虛弱的左弦，疲憊不堪的左歌坐在床前，因為睡意而不斷點頭。

「歌兒。」

喚著左歌的小名，左弦輕聲道：

「妳要不要躺在旁邊睡一下？」

「嗯、啊！」

左歌趕緊搖了搖頭，驅除睡意道：

「沒事！我不睏，還想多跟媽媽說說話。」

「明天還會見面，明天再聊也可以。」

「三年沒見了，我有很多想跟媽媽說的。」

「妳別急，我會慢慢聽的。」

「我當上左櫻大小姐的專屬女僕了，而且就在最近，我終於和她和好了，這一切都是多虧一個叫作奈唯亞的人——」

接著的時光，左歌就像是小孩一般，不斷地說著這幾年的事，而左弦只是一邊微笑一邊傾聽。

過了約莫二十分鐘，可能太過疲憊吧，左歌一邊說一邊打盹。

「歌兒，去睡吧。」

「不要，我還可以……我還行……」

「明天還有時間的。」

「不行，若是明天……」

就像是在害怕什麼，左歌就是不肯閉上雙眼睡覺。

「歌兒。」

左弦抱住左歌，一邊輕撫她的髮絲，一邊柔聲說道：

「抱歉，這三年都沒有陪在妳身邊，讓妳寂寞了。」

「——！」

聽到左弦這麼說，左歌臉一皺，像是要哭出來的模樣。

但最後她還是硬生生地咬牙忍住了。

「媽媽要工作，這也是沒辦法的事，妳能當上左獨當家的專屬女僕，我一直以媽媽為傲。」

「媽媽也是啊，就是因為歌兒的支持，媽媽才能下定決心去做這份工作。」

——**「不管是怎樣的工作，我都會拚了命地將其完成。」**

左歌曾經這麼說過。

當初，她說這是她唯一的自傲。

但是此時聽到這對母女的對話，我突然發現左歌之所以那麼努力——

或許其實只是不想要讓在左獨身邊工作的母親丟臉。

「歌兒。」

左弦輕聲說道：

「抱歉啊，媽媽要死了。」

「……媽媽不會死的。」

「媽媽很捨不得妳，也不放心妳一個人。」

「媽媽不會死的。」

「歌兒一直都是那麼努力，那麼愛逞強，媽媽很擔心妳。」

「不要跟我說這些啊……」

即使手緊緊抓著床單，左歌還是忍著沒哭。

「不要說這些彷彿遺言的東西啊。」

「媽媽希望妳能幸福。」

「只要媽媽活著，我就很幸福了。」

雖然拚命壓抑，但左歌的聲音還是背叛了她，她以顫抖的聲音說道：

「媽媽的病不過是『二重身』，在分身再次見到妳之前，妳都有痊癒的機會。」

「嗯。」

「我的朋友奈唯亞很厲害，她是傳說中的人物，她一定有辦法的。」

「嗯。」

「左獨當家也在幫妳想法子，媽媽的病一定能好起來，一定可以的。」

「嗯，我知道了。」

像是早就看穿什麼，左弦一邊輕拍左歌的頭一邊微笑說道：

「為了看到歌兒幸福的樣子，媽媽會努力活下去的。」

心中就像塞了塊石頭一般，但是我不知道為什麼。

帶著煩悶的心情，我回到家中躺在床上，開始思考起剛剛看到的事。

「二重身啊……」

不管是再不可思議的現象，背後都有其原因。

左櫻的「魔法」和無名的「不死」就是最好的例子。

「而且，假設左弦的『二重身』是真實存在的事物好了……」

那也是某種傳說和神祕現象，並不是疾病。

「左弦罹患的絕症，絕對不可能是『二重身』。」

不過，我們也不能全盤否定所謂的傳說。

所有的鬼怪故事和風俗傳說追本溯源，都有其真面目。

例如鬼火是因為磷的自燃，半夜的不明哭聲其實是因為建築物的裂痕。

二重身傳說的真面目，其實是——

「大腦病變。」

大腦生病後，對自我的認知有時會喪失。

等到那個時刻到來時，就會有一種彷彿靈魂出竅的錯覺。

患者會覺得自己正站在隔著一段距離的地方看著自己，並覺得那是另一個人。

這就是「二重身」的真相。

當演變成如此，就表示病情已相當嚴重。

所以才會說，人類看到另一個自己時，就表示壽命即將終結。

「但是，不同於傳說，左弦的『二重身』是確實存在的東西。」

我和左櫻確實和左弦的「二重身」談過話，那並不是幻覺。

「也就是說——」

某人基於某個目的，化妝成了左弦。

有這樣高超的扮裝術，這島上除了我之外，只有一人——

「那個人就是無圓缺。」

「不是我喔……」

從床底下，鑽出了無圓缺的身影。

「我從未假扮過左弦……」

「……妳在啊。」

大概是在我回家前就躲在床底下了。

和我實力相去不遠的無圓缺若是沒對我起殺意的話，還真是難察覺。

「又把這邊誤認成自己家了嗎？」

「不是，我是來完成左當家交付我的任務的，結果在等你的時候一不小心睡著了……」

「……」

還是一樣是個讓人捉摸不透的傢伙。

「給你，電話。」

無圓缺從圍巾中掏出手機，丟到我的手上。

「任務完成。」

無圓缺一臉心滿意足地縮回床底下。

這任務也太簡單了吧？

「不愧是白色死神。」

從話筒中，傳來了左獨的聲音。

「沒花多久時間就逼近了真相。」

「那麼，究竟是誰假扮左弦呢？」

「就像無圓缺剛說的，那個人並不是她。」

奇怪？那會是誰呢？

「你剛才的推測是正確的，左弦腦中有著許多腫瘤，這些腫瘤壓迫她的腦神經，使得她看到了另一個自己。」

「果然如此。」

「醫生有特別叮囑，請她絕對要保持靜養和心情平靜，所以她才一直待在病房中。」

「簡單說，就是她的腦中有許多可怕的未爆彈，對吧？」

「沒錯，現在的她就像是站在懸崖邊緣，只要稍稍刺激，就會瞬間引爆，將她那本來就沒多少的生命瞬間燃燒殆盡。」

「難怪妳會委託我去尋找『一成神醫』。」

病情嚴重到這種程度，大概已經是無人能救了。

「提到這個……你已經找到任何有關『一成神醫』的線索了嗎？」

「那個委託打從一開始就不會成功。」

雖然放棄十億很可惜，但感覺欺騙左獨的下場會更嚴重。

「因為『一成神醫』已經死了。」

「你確定？」

「我親眼看到他死的。」

「親眼看到？」

左獨先是沉吟一會兒後，以看穿一切的口吻說道：

「啊……原來是這樣——」

「『一成神醫』是被你殺掉的，對吧？」

「……………………………」

不管幾次，我都會被左獨給震驚。

「身為白色死神的你，這輩子所遇過的人只有兩種——一種是被你保護的人，一種是為了保護而捨棄的人。」

左獨一瞬間就從我的話中分析出了真相。

「既然你任務成功率是百分百，那死掉的『一成神醫』就不是你保護的對象，而是你為了保護而抹殺的人。」

「……事到如今，你該不會要拿這個來責備我吧。」

「怎麼可能呢，既然我從不為過去的事後悔，那我當然也不會如此要求他人。」

「那麼，妳為何要救左弦？是想要彌補什麼嗎？」

「我沒有回答你的義務吧。」

「…………」

每次見面時，左獨都是滿面笑容，似乎很好親近。

但仔細一想，她把自己的心包得十分嚴實，完全沒有露出任何一絲空隙和破綻。

「不過，看在你這次這麼幫忙的份上，我還是可以先給你一句警告。」

「警告？」

「本次的敵人，是連我都無法應付的存在。」

「連左當家都……？」

怎麼可能有這種事？

「白色死神啊——

「你覺得這個世界上，什麼是『真正的惡』呢？」

雖然解決了一些疑問，但還是有許多問題等著我處理。

我在腦中稍微列舉了一下待處理的問題。

一、情人節的婚禮活動該找誰幫我？

二、左弦的二重身到底真相為何？

三、左獨口中的真正的惡又是什麼？

所幸隔天是假日，我想趁著這段空閒的時間，把這些問題一個一個按部就班解決，

但事與願違——

隔天一大早，新的問題再度找上門來。

「我想結婚。」

久未回到家的左歌，劈頭就提出了這樣的要求。

「我想結婚，請你幫我。」

「……………………………………………………」

我按著額頭，腦袋一片空白。

我是不是還沒睡醒？還是被情人節活動影響太深，所以才聽到了這樣的幻聽？

「奈唯亞？」

「等、等等等一下！」

我趕緊深呼吸幾口，想辦法恢復冷靜。

「表姊妳還好嗎？怎麼突然提這種要求，妳是認真的嗎？」

「認真的。」

左歌一臉嚴肅地說道：

「雖然很不想拜託你，但像你這種獵男人無數的輕浮女，想必一定有什麼獨門絕技吧，請你教我怎麼泯滅自己的良心欺騙男人。」

「妳這是拜託人的態度嗎？」

雖然說的話很失禮，但感覺並不是開玩笑。

「唉，我就知道遲早會有這天。」

我深深地嘆了口氣道：

「太過著急的表姊，因為被奔三的年齡所逼迫，所以比起愛情，更想要的是已經結婚的既成事實。」

「誰奔三啦！我今年才十七歲！」

「咦？十七歲怎麼會去當老師。」

「還不是你害的！明明是罪魁禍首卻忘得一乾二淨！」

「總之，表姊現在就是要男人對吧？不管是什麼都好，只要願意接受妳的男人都可以，對吧？」

「……我也沒有說成這樣吧？別把我說得好像很飢渴好嗎？」

「一個無視認識、交往過程，直接就跳到結婚的人到底在說什麼啊？」

「我也不是故意這麼急的，畢竟我也是個清純的花樣少女，但是……已經沒時間了。」

「表姊，女人的價值並不在於年齡，妳根本不用這麼著急啊。」

我拍了拍她的肩膀，安慰她道：

「妳想想，妳現在十七歲都沒有人要，就算到三十歲也不會有人要啊。」

「……」

「不管是哪個年齡，妳面臨的狀況都不會變，那又何必著急呢？妳人生剩餘的長度，就等於是妳可以找男人的時間，樂觀一點說，這幾乎就等於是永恆啊。」

「…………」

「會有結婚這念頭，一定是因為妳壓抑太久了，來，這個房間給妳用，我現在出門一趟，我保證兩個小時——不，三個小時內絕對不會回來，妳可以好好享受這段獨處的時光。」

「……………………」

我擺了一個帥氣的姿勢後，揮了揮手就準備要出門。

「等、等一下！別走啊。」

左歌以擒抱的姿勢從身後抱住了我的下半身，以彷彿要哭泣的聲音說道：

「救救我，我只能靠你了！」

「……表妹已經嚴重到需要我幫妳排解欲望了嗎？」

「我才不是這個意思！你這變態到底在妄想什麼情節。」

「要不然妳是要我幫妳什麼？」

「我一直都在說，幫我結婚啊。」

「在談這件事之前，不如先找個對象吧。」

「我找了。」

「咦？」

「今天我安排了一場相親。」

「今天……？」

「正確來說，是一小時後。」

「…………」

「事到臨頭時，我才感到害怕，明明平常都看一堆漫畫學習了，等到要正式上場時，卻發現那些東西完全派不上用場。」

左歌窩在角落，雙手抱著膝蓋說道：

「啊啊……相親好可怕、跟陌生男人聊天好可怕、馬上就要結婚也好可怕……」

這種社交恐懼的樣子，宛若以前的左櫻啊。

「真是的……既然都覺得那麼可怕，那表姊為什麼還這麼急著結婚呢？」

「媽媽就快死了。」

「……」

「她曾說過，想要看我幸福的模樣。」

左歌抬起頭，也不知道是不是刻意壓抑了情感，她以一副面無表情的樣子說道：

「所以，我想結婚——想讓她看看我穿婚紗的樣子。」

「真是的……」

我到底在做什麼啊。

「算了，幫助左歌是應該的，這是『LS任務』的必要過程。」

明明沒人在聽我說話，但我仍喃喃唸著誰都不會聽的藉口。

「畢竟左櫻將她看得這麼重，要是左歌傷心，左櫻說不定會因此掉眼淚，對，我一定得幫左歌，這是無可奈何的事。」

我看著眼前的全身鏡，裡頭照出了一個穿著和服，精心打扮的女子。

「第一次花這麼多時間梳妝，但這樣應該就可以了吧？」

獨自待在高級飯店的房間中，我為接著要進行的相親做準備。

我這輩子大概作夢都沒想到，我會有以女孩子身分去和陌生男子相親的一天吧。

為何會變成這樣呢？

我回思半小時前在左歌房間中的對話——

「聽好囉，表姊。」

「是，奈唯亞。」

「叫我老師！」

「是，奈唯亞老師！」

左歌跪坐在地上，手中拿著筆和小筆記本。

「期待有某種密技，讓妳能一瞬間提升魅力是不對的。」

對著不斷抄寫的左歌，我嚴肅說道：

「那些相親或是聯誼會上看起來很有魅力的女孩子，基本上都是經過腳踏實地地賣萌、裝乖、說謊，最後才能呈現出那種以假亂真的天使模樣。」

「我懂了。」

「表姊明白就好。」

「也就是說，像我這種本質就是天使的人，只要率直地表現自我，要勝過那些做作女簡直就是小事一樁，對吧？」

「妳這根本就是沒懂吧！而且妳那謎之自信究竟是哪裡來的！」

「咦？要不然你說說看，我哪一部分需要改進？」

「我說不出來。」

「看吧——」

「因為妳全部都需要改進。」

「…………………………」

「表姊，在聯誼和相親會成功的女孩子，有三個要素是不可或缺的，那就是『優秀的外貌』、『驚人的美貌』以及『遠勝過內在的外表』。」

「妳這根本只說了一個吧？」

「相親才短短那麼一點時間，怎麼可能足以認識對方？所以會說出『我很欣賞你這個人』之類的話，其實就等於是在說『你的長相讚喔』。」

「……相親原來是這麼骯髒不堪的東西嗎？」

「畢竟相親就是男女進行交易的現場嘛。」

「你這結論聽起來也太怪了吧！」

左歌微微嘟著嘴，有些不服氣地說道：

「總會有些是為了真正的愛情去相親的吧？」

「要不然我問妳，表姊。」

「嗯？」

「妳委託仲介公司安排相親時，有提條件嗎？」

「有啊，不過都是些很普通的條件。」

左歌手抵在下巴處，一邊回憶一邊說道：

「首先要跟我年紀相當——」

「嗯。」

「然後長得帥，溫柔體貼又有錢，不管相處多久都會逗我開心說話幽默風趣永遠對我溫柔寂寞時會陪伴在我身邊只愛我一個人永遠不會花心——我就只開了這些條件而已。」

「……妳這傢伙沒資格跟我談愛情。」

「為什麼！」

不管處於什麼狀況，左歌的沒用都不會改變呢。

「總之，表姊，若是從現在開始訓練妳的美姿美儀和說話方式已經太晚了，若要說得具體點，大概晚了十七年左右。」

「你的意思是我從出生起就沒救了嗎？」

「但是有一個魔法，可以讓妳的魅力瞬間增長，變成萬人迷。」

「這世上竟然有這種了不起的魔法——啊，我知道了。」

自以為猜到我打算做什麼的左歌，打了個響指後說道：

「你打算扮成我的模樣去相親，對吧？」

「不，扮裝術也是有極限的，本來就是0的東西，不管再怎麼努力都是0，我若是扮成表姊的模樣，這場相親依然不可能會成功。」

「原來如此——嗯？我是不是被罵了？」

還沒反應過來的左歌歪著頭。

「所以，只有一個辦法了——」

「那就是我用奈唯亞的外表，代替左歌表姊去相親。」

「這有意義嗎！」

「有意義！我一定能擄獲對方的心，雖然很不願意，但這種事我最近很擅長！」

「你是不是把手段跟目的搞反了啊！」

左歌「啪啪」拍著地板說道：

「最終目的是讓我找到結婚對象吧，而不是為了相親成功啊！」

「放心吧，等到對方迷上我後，我會想辦法捉住他的弱點或是把柄，然後威脅他跟妳結婚的。」

「你確定這不是名為恐嚇罪的那種犯罪行為？」

「交給我吧！」

我拍著胸膛說道：

「我一定會完成任務，把那個倒楣的男人抓回來獻祭給表姊的。」

「你的說法難道就不能再客氣點嗎！」

時間回到現在。

準備就緒的我，被媒婆帶往相親場地。

順道一提，我現在雖是奈唯亞的外觀，但我依然使用著左歌的名字。

左歌似乎給了仲介公司不少錢，所以相親的地點被安排在島內最好的飯店。

「今天天氣真是不錯呢，就跟兩位即將締結的良緣一樣美好。」

一位穿著和服的老太太，滿面笑容地說道：

「這位小姐妳真是漂亮，跟對方可謂是天造地設的一對。」

「對方是什麼樣的人呢？」

順著媒婆的話題，我試著套出些情報。

「畢竟這次相親安排得有些匆促……也沒事前看過照片，我有些緊張。」

「別緊張別緊張，對方是個很棒的人喔。」

媒婆眉開眼笑地說道：

「他的條件好到我覺得根本不需要安排相親，也能馬上找到對象。」

「既然如此，為何還要來呢？」

「聽說是這位男士想要認識更多女性，擴展自己的視野。」

「這樣啊……」

我低下頭，輕聲說道：

「那像我這樣的人，不知道能不能被他看上呢……真是不安。」

「…………」

不知為何，媒婆看著我害羞的樣子，露出一副胸口中箭的神情。

「老奶奶……」

為了之後的相親能進行得更順利，我拉起她的手道：

「我是第一次參加這活動……還望妳能多幫忙和指點。」

「沒、沒問題！」

媒婆手摀著胸口，低聲說道：

「交給老身吧！老身撮合成功的情侶，可是比妳腳踢到小指頭的次數還多啊。」

這怎麼聽起來有些微妙？

不過友軍當然還是越多越好。

「到了，左歌小姐。」

媒婆呼喚我的假名，打開了房門，也拉開了我人生中第一次的相親。

對方會是誰呢？

注視著眼前的亮光，我不由得有著一絲期待。

但是很抱歉，不管你是誰，我今天都要把你捉回去交給左歌。

關於二重身和絕對惡的事，還有許多需要我調查的。

若左獨說的是真的，這個島上出現了連他都應付不了的敵人，那為了左櫻和「ＬＳ任務」，我得盡快將火種找出來，並在它造成危害前撲滅才行。

現在不是為了左歌浪費時間的時候了。

「您好，初次見面，小女子名為左歌。」

我跪伏在地彎下身子，向眼前的人拜了下去。

「今天能見到您，是我莫大的榮幸。」

「…………」

奇怪，對方怎麼完全沒反應？

是已經被我俘虜，還是不喜歡這種謙讓姿態呢？

我緩緩抬起頭來，想要觀察對方的表情——

接著我看到穿著西裝的白鳴鏡，以不可置信的神情看著我。

「今天天氣萬里無雲，想必就和今天這場相親的氣氛一樣，毫無一絲陰霾。」

媒婆首先進行了開場白。

「……………………」

「……………………」

我和白鳴鏡兩人就像是啞了一般，只是拚命喝著桌上的熱茶，一句話都不說。

我是作夢都沒想到，左歌的相親對象竟會是白鳴鏡。

「兩位郎才女貌，正有如藍天配白雲一般，可謂是碧空萬里。」

可不可以不要再用天氣來譬喻？場面越來越尷尬了。

「左歌小姐。」

媒婆湊近我耳邊，悄聲說道：

「放心吧，這種場景老身看多了，接著就交給老身吧，老身一定能炒熱氣氛的。」

「……………」

我很想叫她不要多此一舉，但進來前也是我拜託她的，這讓我有種搬了石頭砸自己腳的感覺。

「兩位年輕人可能都還很緊張，不過為了熟悉彼此，老身特別為各位準備了——」

媒婆一邊用嘴巴「嘟答答」的配著音效，一邊從和服中拿出了一個抽籤筒。

「『真心話大冒險』！」

——妳把這當聯誼活動嗎！

我超想大聲吐槽！但現在我扮演的是謙和又有氣質的女子，所以只好拚命按捺住。

「從籤筒抽出的問題，請一定要用實話回答！要不然老身可是會生・氣・喔。」

不要一邊眨眼一邊說這種話，考慮妳的年紀啊！

「首先，就先從這位帥哥開始。」

媒婆走到白鳴鏡前，而從剛剛開始就一言不發的白鳴鏡，順從地抽了一支籤。

「呀——！問題是『你現在有喜歡的對象嗎？』，這問題也太棒了吧！不可以說謊！一定要誠實回答喔！」

「………………………………」

天啊，這到底是什麼酷刑。

「我喜歡的對象……是嗎？」

白鳴鏡伸手重新繫好領帶，調整了一下坐姿。

「想必坐我對面的這位女士應該很清楚吧。」

「您在說什麼呢？小女子不太明白……」

面對他認真的目光，我趕緊偏過頭去。

「那麼，剛好有機會，就趁現在說個明白吧。」

白鳴鏡轉頭跟媒婆說道：

「謝謝妳剛剛的幫忙，接著請讓我們兩個年輕人獨處，好嗎？」

「沒問題！」

——不要啊啊啊啊啊！

妳沒感受到他眼中那熾熱的火花嗎？妳沒看到他那一臉要幹大事的認真神情嗎？妳就這樣放我一個人妳覺得適當嗎！男人可都是狼啊！

我在心中大聲吶喊！但媒婆很顯然沒感受到我的求助。

她對我豎起大拇指，以一臉「要幸福喔」的滿足表情離開了房間。

「……………………」

「……………………」

媒婆走了後，獨處的我和白鳴鏡再度陷入了沉默。

「那麼……從哪裡說起呢。」

白鳴鏡搔了搔頭，有些緊張地說道：

「總之，這次相親安排得很臨時，所以來相親之前，我並不知道來的人會是左歌，要是知道是她的話，我是肯定不會來的。」

「不，你不用特別跟我解釋這個……」

怎麼一副在跟女友解釋自己沒花心的模樣呢？

「自從那天告白之後，我回去好好思考了一番，我的心意究竟是如何。」

「嗯……」

「為了確認自己是不是胸部星人，我購買了大量的巨乳寫真集放在家中，甚至引起了家庭革命。」

「…………」

這傢伙的個性也太認真了，竟把我的胡說八道看得如此之重。

「即使我的媽媽哭著說『我的兒子怎麼變成這樣』，我的爸爸在旁打圓場說『這是青春期男孩子的必經之路』──但我仍沒有放棄，認真地看著那些巨乳寫真集。」

「…………」

奇怪，胸中這股罪惡感是怎麼回事？我是不是不知不覺間破壞了一個家庭？

「不斷地看──拚命地看，直到妹妹再也不跟我說話的那天，我終於明白了一件事──」

白鳴鏡露出閃亮的笑容說道：

「我確實喜歡胸部。」

「嗯、喔……」

這人一開始明明是連我都會心生嫉妒的爽朗帥哥，是從什麼時候開始變得這麼可悲和不堪的？

「不過，這種喜歡跟我遇到奈唯亞時產生的心情是截然不同的，我不會因那些寫真明星而心動，也不會想要給她們誰都及不上的幸福。」

白鳴鏡不知為何以跪坐的方式往前一步，我也趕緊後退拉開距離。

「為了搞清楚自己的心意，我決定跳脫理論，進入實踐階段。」

白鳴鏡再度逼近，我也再度後退。

「安排相親也是如此，我想試著遭遇各式各樣的女性，來確認自己會不會對其他人產生一樣的心情，若是不會的話——」

白鳴鏡再度露出燦爛的笑容。

「那就能肯定我之前對奈唯亞的心意，是貨真價實的愛情。」

——不妙。

這真的不妙。

這人是認真的。

本來個性就很認真，現在更是雪上加霜的認真。

「本來我對自己的心意，還有著那麼一絲存疑，但感謝命運，讓我在今天看到了打扮如此美麗的妳。」

白鳴鏡再度向前，我本來想要拉開距離，但不知何時已到了退無可退的牆邊。

「奈唯亞，我要再正式地跟妳說一次——我喜歡妳。」

「太近了、你太近了！」

「我認為在愛上一個人之前，必須先做好負擔她下半輩子的覺悟。」

雙手握住我的手，白鳴鏡以再認真不過的表情說道：

「奈唯亞，若是妳願意，直接讓這場相親成功也是沒關係的。」

「你的意思該不會是——」

「是的，就是妳想的那樣——」

「妳願意嫁給我嗎？」

「…………………………」

看著他那充滿狂熱的雙眼，我知道不管說什麼都是沒有用的。

就算我現在表明真身，說我是男的，我覺得他大概也會笑著說我完全不介意吧。

畢竟他可是個會迷上白色死神十一年的人啊。

「那、那個……這樣太快了。」

為了趕緊結束這一切，我只能用如蚊子般微弱的聲音，像是求救似地給出了回答。

「我們……還是先從朋友開始吧……」

等我回到住居後，看到的是左歌橫躺在地上，一邊吃零食一邊看電視的情景。

「歡迎回來，相親結果如何？」

「我被對方求婚了。」

「真厲害！」

左歌從地上跳起身，開心地說道：

「不愧是將淫蕩兩個字刻在骨頭中的奈唯亞，釣起男人來就是不一樣。」

「妳真的有想要稱讚我的意思嗎……」

我嘆了一口氣繼續說道：

「不過我拒絕對方的求婚了。」

「啊？」

「我說，我拒絕對方的求婚了。」

「為什麼！」

左歌有些傻眼地說道：

「本來的計畫不是要把一個男人變成奴隸，然後讓他對我言聽計從嗎！」

「計畫原本是這樣嗎？是不是微妙地變了？」

「所以，拒絕對方的理由是什麼？」

「因為對方是白鳴鏡。」

「啊？」

「要跟妳相親的對象，其實是白鳴鏡。」

「……………………」

左歌一言不發地沉思，似乎是在消化我剛說的話。

「也就是說，你去到現場，發現相親對象是白鳴鏡，然後他跟你求婚？」

「是的。」

「……為什麼會變這樣？」

「我才想問為什麼會變成這樣呢！」

我雙手抱著頭說道：

「啊啊——雖然只是一瞬間，但我竟然會被他的氣勢壓倒，使出了拖延戰術。」

「……」

「我明明什麼都沒做，為何要被這麼熱情地求婚啊！為何要這麼認真地為一個男人煩惱啊！」

「…………」

「真是太屈辱了，找機會我一定要報這個仇，讓他知道把我逼到牆角要付出怎樣的代價——表姊，妳為何突然流鼻血了？」

「沒、沒事。」

手摀著鼻子，呼吸變得急促的左歌，不知為何一臉滿足地說道：

「感謝招待、總之感謝招待……」

我到底做了什麼，值得妳這麼感謝嗎？

「那麼，接著該怎麼辦呢？」

左歌看著窗外，輕輕皺了皺眉頭道：

「聽說媽媽的『二重身』已經來到三樓，時間似乎已經所剩無幾。」

「不管付出怎麼樣的代價，妳都想結婚給母親看，是嗎？」

「是的。」

左歌堅定地點著頭說道：

「不管付出怎樣的代價，我都想讓媽媽最後一段旅程能走得開心。」

「……」

「乾脆去路上隨便抓一個可愛的男孩子好了……」

「拜託不要幹這種痴女會做的事。」

「那你說我該怎麼辦啊？」

「交給我吧。」

我腦中浮現了一個點子。

一個可以同時解決「模擬婚禮」、「左歌委託」，又能順道讓我調查二重身的好點子。

「表姊，和我結婚吧。」

「……」

因為過於驚訝，左歌手中的零食「啪」的一聲掉到地上。

「我決定了，六天後的『模擬婚禮』，妳來當我的對象吧。」

「可是……我們兩個都是女的，雖然在這時代這樣也不奇怪，但這不是我想要的，會給媽媽太多刺激——」

「我不是要用奈唯亞的身分和妳結婚。」

我和左歌都是學校的名人，要是真的這麼做了，會產生許多問題，也會讓左櫻不開心。

「那麼，就是你要假扮成某人和我結婚囉？」

「我沒有要扮成任何人。」

「咦？」

「我說過了，和『我』結婚吧。」

脫掉衣服，卸掉身上的偽裝，我以原本的姿態說道：

「要當妳結婚對象的，是名為海溫的我。」

第四章 要是連拜訪岳父母都不會，當個隨扈可是活不下去的

剩餘報酬：80億

「我父母想看看你。」

隔天一早，左歌傳來了這樣的訊息。

「她想看看我那即將結婚的男友是什麼樣的人。」

這確實是一般父母的正常反應，畢竟是要跟自己的寶貝女兒結婚的對象。

我雖然覺得麻煩，但還是梳理打扮，穿上西裝和皮鞋，準備扮演左歌的男友。

「媽媽身體狀況你也知道，行為舉止控制一些，別讓她情緒起伏太大。」

在前往五色醫院的路上，不放心的左歌又傳來這封簡訊。

大腦內有許多腫瘤的左弦，就像是抱著隨時會爆炸的未爆彈生活，要是過於激動，說不定就會馬上死亡。

「我到底在做什麼啊。」

相親完接著是拜訪對方父母，六天後還要舉辦婚禮。

雖然之前出任務時，也曾經假扮別人的丈夫或是妻子。

但那都是短短一瞬間的事，從沒像現在這樣，把全套婚禮流程跑一遍。

「對了，準備個伴手禮比較好。」

我繞去商店街購置禮品，途中一直感受到他人的目光。

雖然在扮演奈唯亞時也有這種狀況，但白髮藍眼的海溫似乎更加引人注目。

要慶幸這裡不是我以前生活的裡世界，要不然一定一堆不懷好意的人找上門來。

「不過，同樣的道理。」

我刻意不掩飾自己的外表走在外面，也是想藉此觀察有沒有人在看到我後產生異樣的反應。

但除了女孩子以及少數男孩子的熱情注目外，我並沒有發現什麼可疑的人。

「裡世界的厲害角色，雖不是全都熟諳，但大多數人的基本資料還是明白的。」

這之中擅長易容術的人，更是少之又少。

這些天我利用遍布在島內的竊聽器搜索，還趁晚上時入侵親衛隊的監視攝影機，想要尋找島上的可疑人物。

但最終結果就跟現在一樣——一無所獲。

——**「本次的敵人，是連我都無法應付的存在。」**

「不管怎麼思考，還是搞不懂左獨她到底想做什麼。」

她明明這麼說了，卻完全沒採取任何行動。

「很難想像，會有連她和我都無法應付的人。」

我嘆了一口氣，不知為何，這表情似乎引起了女孩子的尖叫。

或是左獨被這次的敵人捏住了把柄？不對，左獨的力量，來自於她的孤獨。

沒有任何人可以威脅她。

「還是我想多了，這次根本就沒有敵人也沒有危險？」

所以她甚至悠閒地舉辦情人節活動，還故意讓我抽中頭獎。

「不對，仔細思考就能發現，我不知不覺間被她誘導了。」

我現在不就用了頭獎的獎品，準備和左歌結婚嗎？

她早就料到我會這麼做了。

她一定有著某種目的，但那究竟是什麼？

「此次的事件，給人一種很『平穩』的古怪感。」

不同於之前的聖誕祭和期末考，那種驚天動地的大事件。

這次什麼都感受不到，就像是什麼都沒發生一般。

「到底所謂的『真正之惡』是什麼？」

會不會是一個有著遠超我實力的人呢？

「對了……如果他真的如此厲害……」

那我會的技能，他也應該都能掌握才對——就連易容術都不在話下。

「原來之前的『二重身』是這麼來的啊。」

我的腦中浮現了另一個左弦的身影。

「那個人，就是所謂的『真正之惡』。」

「總之，作戰很簡單。」

進去病房前，左歌向我進行了作戰說明。

「你是我男友，我們準備結婚，多餘的事別做，多餘的話別說，我們好好把這場戲演完，五天後去結婚，很簡單吧。」

「對我來說是不難啦，但表姊這邊沒問題嗎？」

「叫什麼表姊！你忘了自己假男友的身分了嗎？」

「那我該叫妳什麼？」

「嗯……『寶貝』如何？」

「寶貝——」

「嘔嘔嘔嘔嘔嘔嘔嘔——！」

「…………」

「嗚嘔嘔嘔嘔嘔嘔嘔嘔嘔嘔嘔嘔嘔嘔嘔嘔嘔嘔嘔嘔——！」

承受不住的左歌，趴在地上用盡全力地嘔吐著。

「抱、抱歉……這比我想得還噁心……你還是叫我左歌吧。」

我真的要跟這傢伙結婚嗎？就算是假的，坦白說心理也有些排斥。

「能跟我這樣的絕世美少女結婚，我能明白你的興奮和感動，但請你注意言行，不要過度刺激媽媽。」

「妳為何一副高高在上的樣子？明明一開始就是妳拜託我的。」

看在妳母親的份上，我會忍耐住揍人的衝動的。

「我會適當掩護你的，一定要讓這場『我人生中最大汙點』的作戰成功。」

「最不把我當男友看的人根本是妳吧！」

我和左歌一同走進病房。

左弦坐在病床上，而在她的床邊坐著一位穿著黑西裝，戴著黑框眼鏡，頭髮用髮膠固定成三七分，看起來個性很認真的三十歲男性。

從這個情境上判斷，這兩人應該是左歌的父母了。

「初次見面，兩位好。」

我先是低下頭，接著以陽光般的笑容說道：

「我的名字叫海溫，正跟令嬡以結婚為前提交往中，還請兩位多多指教。」

「……………………」

「……………………………………」

在我前方的左歌父母，不知為何就像是被石化一般動也不動。

是我說錯了什麼嗎？

這種時候，就只能依靠我們雙方之間的橋梁——左歌了。

「……………（臉紅低頭）」

「妳不要在那邊面無表情的臉紅啊！」

我細聲跟左歌說道。

「進來前不是還信誓旦旦地說會掩護我嗎！」

「不、不是啊！」

左歌有些慌張的說道：

「這種時候到底該說什麼啊！我又沒經驗！」

「總之，先介紹一下我吧？」

「爸、媽，這是我男友————」

說到一半停住的左歌趕緊附在我耳邊：

「我又不知道你的事，我是要說什麼啊！」

「妳就隨便說一點簡單的——」

「這個人……是人類。」

「簡單過頭了！再介紹得更深入一點——」

「動物界脊索動物門哺乳綱靈長目人科人屬人種。」

「不是這種深入！妳根本沒有心要好好介紹吧！」

看著鬧得不可開交的我們，左弦「噗嗤」一聲笑出聲來。

此時，一直沒開口的左歌爸爸突然開了口。

「很開心見到你，海溫，我的名字叫劉沙，而這是拙荊，左弦。」

他伸出寬大的手，和我輕輕握了一下手。

「不好意思，一開始之所以沉默，單純只是我們太過驚訝。」

「沒關係，我不介意的。」

「自己的女兒竟然將這麼優秀的男人帶了回來，我差點以為自己是在作夢呢。」

劉沙推了一下黑框眼鏡，哈哈大笑。

雖然對這人認識不深，但感覺是個不錯的人。

我本來還有些擔心，會上演漫畫常見的「要我交出女兒，就先打倒我吧」之類的戲碼呢。

「歌兒。」

左弦以溫柔的嗓音說道：

「別緊張，好好說話。」

「嗯……」

「關於海溫先生，媽媽確實有許多想問的，但第一個要問妳的問題，媽媽早已決定了。」

左弦將手疊在左歌的手上，輕聲問道：

「妳喜歡海溫先生嗎？」

「咦？我對他……」

聽到左弦的問題，左歌看向我這邊，一臉「我從沒認真思考過這問題」的表情。

這個笨蛋，這裡當然要毫不猶豫地點頭說「是」啊！

「我、我……」

就像是腦袋運轉過度，左歌艱難地說道：

「第一眼看到他時，我覺得這傢伙很差勁，就是個人渣——不對，現在也是這麼想的。」

完了，我們的計畫全毀了。

怎麼可能有人會這樣說結婚對象的。

「侵入我的房間，毫不客氣拿走我的東西，從沒有把我當作女人看待，對我也一點都不溫柔，但是、但是——

「他曾說過，他跟我很像。」

「……………」

打開開關的左歌，再也停不下來。

「我很沒用，什麼事都做不好。

「但他看著毫無遮掩的我，卻認為我跟他是相似的。

「這個什麼事都做得到的人，竟認同了我這樣的人。

「僅僅是這麼一句話，我就開心了好多天。」

我從不知道左歌是這麼看待我的。

而且，我想連她自己也不知道。

「歌兒。」

左弦再度重複了一次問題。

「妳喜歡海溫先生嗎？」

「才不是呢！我討厭他。」

就像是作夢一樣，看著我的左歌喃喃說道：

「但是、但是——

「待在他身邊再久一些，似乎也沒有關係……」

「嗯……」

左弦閉上雙眼點了點頭。

「我明白了。」

我不知道她到底明白了什麼。

但是從她身上散發出的氣息十分平穩，就像是因為什麼事而滿足一般。

不過這樣的好狀態並沒有維持太久。

「嗚——！」

左弦手摀著嘴巴，面龐突然變得慘白。

接著就是一陣慌亂。

按下緊急鈴，請醫生跟護士來檢視和治療。

我們這些閒雜人等馬上就被趕了出去。

與左弦父母的會面，就這樣突兀地結束了。

「有沒有想點什麼吃的？海溫先生。」

在離開502病房後，左歌因為擔心左弦，決定留在病房照顧她。

至於劉沙則因為想要跟我多聊一些，邀我去醫院旁的咖啡廳坐一下。

剛好我有想向他打聽的事，就卻之不恭了。

「不好意思，拙荊身體突然出狀況，完全沒有招待到你。」

「沒關係的，劉先生你太客氣了。」

「左弦她剛剛會那樣，可能是因為太高興了。」

「高興？」

「是啊，太過興奮導致血壓略微上升，現在她的狀況，只要情緒稍微有過大的起伏都會致命。」

「真是辛苦啊……」

這樣舉辦左歌的婚禮，沒有問題嗎？

不對，應該說就是這種狀況，所以才要舉辦婚禮。

「我平常在海外工作，鮮少回來這座島，連自己太太生病了都差點趕不回來，真是讓人見笑。」

這就是為何一開始沒有看到劉沙，以及從沒聽左歌提起父親的原因嗎？

我一邊隨便點了些東西，一邊觀察眼前的劉沙。

他身上穿的西裝和手上戴的手錶是高級品，看來他的生意應該十分成功。

「左歌的父親很早就過世了，我是她的繼父。」

劉沙一邊將方糖和奶精加入咖啡一邊說道：

「我和左弦是五年前結婚的，那時左歌已經十二歲，說來也真有些不好意思，我其實不太懂怎麼跟左歌相處。」

「不過即使如此，左歌也成長為一個優秀的女性了。」

「是這樣嗎？」

「是的。」

我堅定地點頭，展現出一副深愛女友的模樣。

「兩位關係真好呢。」

等到方糖完全融解後，劉沙加入了更多的方糖說道：

「剛剛在病房中時，我還是第一次看到她這麼認真說話的樣子。」

「認真？」

「是啊，就像是努力拼湊著心中散落的碎片，並將它一口氣倒出來的感覺。」

「……………」

這人雖然嘴上說跟左歌不熟，但畢竟是父親，還是有好好看著左歌的。

「劉沙先生，對你太太的『二重身』，你是怎麼看的？」

「『二重身』？」

聽到我這麼說，劉沙滿臉問號。

他不知道「另一個左弦」的事嗎？

於是，我花了一些時間，跟他解釋了最近發生的古怪現象。

「這是什麼小說中才會發生的事……」

劉沙有些傻眼地說道：

「我太太的病是大腦中的腫瘤引起的，這我敢肯定。」

「那你對『二重身』是誰有沒有任何頭緒？」

「不，就像我說的，我這陣子都不在『雙』之島上。」

看來有關另一個左弦的身分，還是個謎。

「不過，另一個左弦嗎……」

劉沙露出笑容說道：

「要是真的存在的話，還真想見見她呢。」

「為什麼？」

「這也是為了左歌啊。」

一手托著腮，一手攪拌從剛開始就一口沒喝的咖啡。

「她剛不是說她沒有任何擅長的事嗎？其實這是錯的，她還是有她拿手的部分。」

是什麼？自爆嗎？

「左歌很善於逞強——不，應該說是習慣逞強了。」

劉沙指著自己的臉說道：

「你看她不總是擺著一副面無表情的樣子嗎？只要刻意壓抑感情，那或許誰都看不穿她的真心。」

我回想之前看過的情景。

即使在病房中和左弦兩人獨處，左歌也依然沒有落下眼淚。

「你說得對……」

可能是因為在同居的時候看過她太多崩壞的樣子，所以才沒察覺此事。

但其實她比誰都還懂得壓抑這件事吧。

「可能是雙親一直都不在她身邊吧，使得她有了這種完全不值得稱讚的技藝。」

劉沙繼續攪拌已經呈現漩渦狀的飲料。

「但這並不代表她不會難過和悲傷，要是左弦真的死了，難以想像左歌會變成怎樣。」

此時我才明白，雖然表面上沒有任何動搖，但從剛剛開始就一口都不喝飲料，是因為他正在為左歌煩惱。

儘管沒有血緣關係，但這對父女在偽裝自我方面意外的相似。

「要是真的有左弦的『二重身』，那至少在左弦過世後，還有人能安慰左歌。」

「原來如此。」

「不過，現在我已經不擔心了，畢竟有你陪在她的身旁。」

劉沙推了推眼鏡，突然露出惡作劇般的笑容說道：

「雖然，你大概不是她真正的男友吧？」

「………………」

被看穿了？還是正在被試探？

「不知道為何你這麼說。」

我裝作有些訝異的說道：

「我確實是左歌的男友啊。」

「因為正職工作的關係，我意外的擅長看穿謊言，你們跟一般情侶的感覺差距有些大，我猜應該是左歌為了讓左弦開心，特別請你過來的吧？」

這人比我想得還敏銳，竟光看氛圍就把狀況猜個八九不離十。

「雖然確實對你是誰有些好奇，但不管事實是怎樣都好，真正重要的是——左歌很看重你。」

向我深深地低下頭，劉沙說道：

「左歌就拜託你了。」

「…………」

「請你代替我們這對失格的父母，讓她幸福吧。」

「呼——」

吐出的水氣在空中凝結成白霧。

「真的是越陷越深啊。」

和劉沙分別後，我獨自一人走在商店街的街道上。

雖然我是用海溫的身分與左歌結婚，並不影響「ＬＳ任務」的執行，但這也並非什麼好事。

結婚是人與人之間緊密連結的其中一種形式。

並不是結完之後說句「這都是開玩笑的」，就能將一切一筆勾消。

我與左歌的父母開始有了聯繫和認識，而左歌之後的戀愛，或許也會被此事影響。

畢竟誰都不會樂見，自己的女友曾跟別的男人舉辦假婚禮。

「不過，她應該是做好覺悟，才選擇這麼做的。」

盯——

「真希望這一切趕快結束，趕快回歸平靜生活。」

盯——————

「不懂為何左獨要故意抽到我，她到底想做什麼——」

盯——————

從剛剛開始一直感受到一股強烈的視線。

我本以為只是慣例的路人注視，但這實在是盯得太死了。

該不會是敵人吧？

我猛然轉頭過去——

然後與站在身後的左櫻四目相接。

「啊，果然是海溫先生，我沒有認錯。」

「……完了。」

「嗯？什麼東西完了。」

不對，我冷靜點，我現在不是奈唯亞而是海溫啊。

我趕緊在心中複習海溫在左櫻心中的人設。

海溫在「聖誕祭」時見過左櫻一面，並將控制魔法力量的手環贈與給她。

同時，他也是奈唯亞的青梅竹馬兼未婚夫。

很好，雖然撒了彌天大謊，但只要冷靜應對，就算和左櫻接觸也沒關係。

「好久不見了，左櫻小姐。」

我以笑容回應有些興奮的左櫻。

「是啊，在這遼闊的世界中，有著被詛咒命運的兩人終於相遇了。」

「……」

「多虧你之前送我的手環，我總算能勉強壓抑身體深處即將失控的力量。」

「嗯、喔……」

「打破關著我的魔法牢籠後，我的世界就此展開，那時我才發現——並不是世界捨棄了我，而是我捨棄了世界。」

為何說到魔法的話題時，妳的發言就變得如此中二？

妳看路人都不知不覺和我們拉開距離了。

「不過，真奇怪……」

左櫻有些困惑地和我拉近距離，抽動鼻子說道：

「總覺得海溫先生身上，有一股很熟悉的味道，就跟奈唯亞身上的香味一樣。」

「……」

果然，跟她接觸太久是一件很危險的事。

「啊！」

就像是突然發現什麼，左櫻泫然欲泣地說道：

「兩位是未婚夫妻，想必已經在剛剛見面，並做了些什麼會讓身體染上氣味的事吧——」

「沒有沒有！」

我趕緊搖手否認道：

「我和奈唯亞還沒見過面！」

「咦？為何？」

「我們雖然有婚約，但因為『某項禁令』，我們約定好在婚禮前不見面。」

「禁令？」

「我無法將內容說得很具體，但要是我們違反了這條禁令——」

我的雙眼寒光一閃。

「世界和珍珠奶茶就不妙了。」

「到底是怎樣的禁條，會把這兩個不相干的東西連在一起！」

「別再問我了，我不想要因為我的關係，害『人類珍奶化』計畫啟動。」

「……這聽起來好像很好喝又可怕的計畫是怎麼回事？」

雖然很信口開河，但誇張一點正好。

反正左櫻對魔法和魔法使的存在都深信不疑了。

「左櫻小姐今天怎麼在這邊？」

我趕緊藉機轉換話題。

「假日來逛街嗎？」

「不，我本來是在學習才藝的路上，但是……」

就像話卡在喉嚨中，左櫻猶豫了一會兒說道：

「因為看到了『不該存在的人』，所以我忍不住跟在他後面，但一不小心跟丟了。」

「不該存在的人？」

「海溫先生，你剛剛在咖啡廳中，是跟誰在說話呢？」

「嗯？左歌的父親啊。」

「劉沙？」

「是啊，左櫻小姐也認識他嗎？」

「…………………」

左櫻沒有回答我的問題，臉色變得十分凝重。

「怎麼了嗎？」

「真是奇怪……是我記錯了嗎？不對，雖然是很久以前的事，但這麼重要的事我應該不可能忘才對啊……」

「……究竟怎麼了？」

「五年前，左弦和劉沙結婚，接著過了約半年吧，劉沙就從這座島上消失了，再也沒出現過。」

「嗯，他說他因為工作關係，常去島外做生意。」

「那時的我，因為魔法失控的關係，還無法跟任何人說話，但因為是左歌的父親，我還是在獨處時向左歌打聽了一下劉沙的狀況，如果我沒記錯，左歌那時是這麼回答我的——」

「『我的父親已經死了』。」

「…………這是真的嗎？」

「四年半前的我，因為很在意此事，所以潛入到『左』的本家中，翻了裡頭的紀錄，結果，我確實看到了劉沙的死亡證明。」

「這實在是……太古怪了。」

「是啊，如果劉沙早在四年半前就已經死了，那麼——

「剛剛和海溫先生對話的人，究竟是誰呢？」

第五章 要是連抓住二重身都不會，當個隨扈可是活不下去的

剩餘報酬：80億

未解的謎越來越多。

危險似乎在逼近，但這次我的直覺完全沒起作用。

——宛若沒有危險。

這種感覺很奇怪，就像是泡在溫熱的水中，只能等待自己慢慢被煮熟。

為了追求真相，我和左櫻決定去左歌住的地方等她。

因為不管是「二重身」還是「劉沙之死」，掌握其中關鍵的人都是她。

「這世上，該不會存在著死而復生的魔法吧？」

在路上，左櫻問我道：

「若是如此，那劉沙突然出現這事也就說得通了。」

「至少我沒聽過這樣的魔法。」

最接近這種現象的，大概是之前無名身上的「不死」。

但她也是付出了龐大的代價，才達到了這樣的效果。

「我認為最有可能的真相，應該是『某人』假扮劉沙。」

「可若是這樣不奇怪嗎？」

聰穎的左櫻馬上指出矛盾。

「左弦和左歌都沒認出來這個人是假的嗎？」

「易容術若是登峰造極，以假亂真是不成問題的。」

「但是在邏輯上會出現矛盾吧？因為這可是本來已死的人突然出現耶？」

「是啊，這也是我想不通的地方……」

若自己的老公或是繼父早已在四年半前死亡，那不管是怎麼高明的扮裝，看到的人都會覺得奇怪吧。

還是「真正之惡」連催眠術和心理操縱都很擅長？

不對，若真是那麼厲害的人物，應該不會用這麼粗糙的方式行動啊。

越是深入思考，我越是感到混亂。

「總之，只要問一下左歌就知道了吧？」

如此決定的我們，往我和左歌住的房間前行。

沒過多久，我們就抵達了目的地。

左櫻握住門把，就要打開——

「等一下。」

我趕緊伸手阻止左櫻。

「怎麼了？」

「有古怪。」

直覺起了作用，我側耳仔細傾聽房間內的聲音，結果發現了有不認識的複數呼吸聲。

是瞄準了我而來的？還是左櫻？

莫非是「真正之惡」找上了門？

那真是太好了。

我不由得露出得意的笑容。

若是這樣，謎團就能一口氣揭開了。

我深吸一口氣，裝作不知道的打開門——

——呼！

黑暗的房間中，瞬間出現了四、五根金屬球棒，朝我揮了過來。

我將手指捏成一圈，放在嘴前！

「熒惑在上，以七為數，奉南為方，祝融朱雀聽我號令——」

難得左櫻在看我，就用像是魔法使的方式戰鬥吧！

「『豪火球術！』」

從胃中的汽油袋吐出汽油，再經由牙齒中的打火石點火！

圓錐狀的火焰從我口中出現，人類火焰噴射器就此誕生！

「哇！燙！燙！燙————————！」

房間中的敵人被燒得四處逃散，左歌精心搜集的高級衣服和內衣也全數燒了起來。

「比我想得還不堪一擊啊。」

房間中躲著的敵人大約有五人，要是燒死就問不出情報了。

「辰星在上，以六為數，奉北為方，玄冥玄武聽我號令——『水龍術』！」

部分牆壁退到一旁，露出了強力水槍的噴頭。

強力的水柱從中噴出，威力大得讓所有人無視重力，在天空中不斷飛舞。

差不多該給最後一擊了。

「鎮星在上，以五為數，奉中為方，后土麒麟聽我號令——」

操作機關，讓左歌在天花板埋藏的大量色情漫畫落了下來。

「『人類骯髒慾望的沉重』！」

——砰！

數千本成人漫畫壓在了襲擊者身上，讓他們在地上動彈不得。

「我的天啊……這就是成熟魔法使的力量嗎？」

左櫻雙手遮著臉，滿臉通紅地說道：

「竟然可以召喚出這麼糟糕的書籍……」

總覺得她敬佩的方向完全錯誤了。

不過因為臨時起意要用魔法的方式展現力量，手段有限也是沒辦法的，只能從現有的東西下手了。

「你們是誰派來的？」

我蹲下身子，質問其中一個打扮最華麗、疑似帶頭的人。

「要是不老實交代你們的來意，會有更多苦頭讓你們吃喔。」

「錯的明明是那個女人！」

躺在地上的帶頭者，大吼大叫道：

「我們只是想要拿回我們該拿的東西而已！我們沒有錯！」

「這是強詞奪理吧？」

這些人身上，有著和我一樣的人渣味道。

「你們可是躲在房裡，想要趁著房主進來時襲擊人呢。」

我壓低聲音，毫不掩飾地將殺氣放了出來。

「咿……」

被這股殺氣一逼，所有人的臉色都變得鐵青，像是喘不過氣的樣子。

「這世上，可是有你們完全想像不到的惡人存在的。」

露出冰冷的笑容，我輕聲說道：

「要是不想現在就看到的話，就乖乖把該交代的東西全數說出來。」

「代」——存在於雙之島的黑道組織，主要收入來源是高利貸。

而左歌跟這個組織借了大量的錢。

埋伏在左歌家中的人是「代」的屬下，為的是把一直避不見面的左歌綁回去，逼迫還錢。

「……這太奇怪了。」

左櫻困惑的說道：

「左歌怎麼可能會欠錢呢？」

「畢竟興趣太花錢了，這我倒是不意外。」

「嗯？左歌的興趣不是在雨後的清晨，親吻被雨沾溼的花瓣嗎？這一點都不花錢吧。」

「……這傢伙說這種話都不會臉紅的嗎？」

還是老樣子，總是在左櫻面前逞強。

「會不會是母親的醫療費太貴？」

「不是，左獨似乎負擔了左弦所有的醫療費。」

「嗯……突然因為某種原因亟需用錢？」

「急迫到需要去借高利貸？」

「也是……左歌表面上呆呆的，實際上也呆呆的，但她其實是個很呆的人，應該不會去借高利貸才對。」

「海溫先生你這句子前三句一樣，然後跟最後一句好像沒因果關係喔。」

「記得和奈唯亞一起與左歌聊天時，她也跟我炫耀過薪水跟存款。」

身為左櫻的專屬女僕，左歌每個月的薪水是一般上班族的幾十倍，而且因為她沒時間花錢的關係，其實存款早已夠買一棟房子還有餘了。

「這麼多錢，究竟是去哪裡了呢？」

「是啊，真是令人擔心，而且我從剛剛開始就在給左歌打電話，但她一直沒有接。」

即使用我遍布在島內的竊聽器，也找不到左歌的位置。

該不會她真的出事了吧？

「左歌的話應該不用擔心吧——要是以前還被困在魔法牢籠的我一定會這麼說吧。」

左櫻眼中光芒一閃說道：

「不過，現在的我已經不想等待了，我們去找瞭解狀況的人問個清楚吧。」

「可是……除了左歌本人之外，沒人知道她為何欠錢——」

「不，有一個人可能知道吧。」

左櫻打斷我的話後，指著地上那些被我打倒而昏迷不醒的人。

「那就是『代』的那幫人。」

地點是「代」的辦公大樓前方馬路。

之所以沒有阻止左櫻危險且草率的行動，是因為我想打破現在停滯的狀態。

若是找到「代」之首領，說不定能稍微窺伺「真正之惡」的身影。

「哪裡來的小女孩！竟想闖進『代』的辦公室。」

雖然早就料到，但果然事態如我所想的發展了。

因為我們想闖進他們的事務所，一大群流氓拿刀包圍住了我們。

可能是看過太多大場面了吧，左櫻毫無懼色。

「尚未知曉這世界真實的愚昧之人啊。」

左櫻的身體以奇怪的角度站著說道：

「要是不想被我那封印起來的禁忌力量所傷，就叫你們首領出來。」

「小妹妹，現在國中還沒放學，妳這樣蹺課不好喔。」

為何妳在用魔法時說話就會變成這樣？妳看連敵人都開始同情妳了。

「目光所不及之處，就認為不存在嗎？真是一群天真的井底之蛙。」

「嗯？井底之蛙？什麼意思？」

「啊，這句成語出自於三國演義，意指一隻青蛙在井中看著有限的天空。」

「三國演義！這不是劉備張飛關羽，那個充滿義氣的好故事嗎！」

「對對，就是出自那裡，你們喜歡真是太好了。」

左櫻開心地跟一群流氓解說，被美少女細心指導，一群大男人露出了開心又軟綿綿的表情。

這究竟在幹麼？你們是不是忘了你們原本的目的了？

「總之，小妹妹。」

一個流氓好心地說道：

「這裡不是能隨便進來的場所，要是想玩的話請去其他地方。」

「可是我想見你們老大，不管怎麼樣……都不行嗎？」

「嗚……別用這種惹人憐愛的眼神從下往上望！」

「大哥！撐住啊！只不過是個女國中生啊！你撐得住的！」

「我不是國中生。」

左櫻微微嘟起嘴說道：

「我是貨真價實的女高中生！」

「噗啊！」

眼前的流氓吐出一大口血！

「女、女高中生？竟然是活生生的女高中生！呼哈——呼哈——呼哈——」

「太殘忍了！竟然這樣針對有氣喘的大哥！他可是連跑個一百公尺都會過度呼吸的人啊！」

這麼貧弱當流氓好嗎？

「大哥你清醒點！就算是女高中生又怎樣！」

身旁的小弟抱著倒地的大哥，努力勸說道：

「她身旁的小子很明顯就是她的男友啊！」

「噗啊啊啊啊啊——————！」

「大哥啊啊啊啊啊啊啊啊！」

沒想到給他最後一擊的竟然是自己人啊。

「真是的……在吵什麼啊。」

——篤、篤！

隨著拐杖敲打地面的聲音，一個穿著漢服的威嚴老人從「代」的大樓走了出來。

「首領好！」

在看到老人的瞬間，所有流氓瞬間立正，以整齊劃一的動作低下了頭。

「真是的，你們這群小子，真該學學『靜』字怎麼寫。」

「是！我們回去一定每人修習一百遍『靜』字！」

「老夫不是那個意思——」

「是！我們回去寫兩百遍！」

「……算了。」

「代」之首領嘆了口氣，像是很傷腦筋的樣子。

這副模樣讓我想到了「無」的暗鐮，看來領導人也不是那麼好當的。

「兩位好。」

抖動兩條長長的眉毛，「代」之首領轉頭看向我和左櫻說道：

「老夫是『代』的首領，請叫老夫『代老』吧。」

「代老爺爺，我今天來是因為——」

「妳想問什麼我都知道，『左』家的大小姐啊。」

「…………」

被點出身分，左櫻露出了有些驚訝的神情。

「還有這位年輕人，謝謝你剛剛沒有出手。」

代老向我露出笑容說道：

「這群小夥子雖不成才，但也是我的家人，感謝你饒過他們一命。」

「……你知道我是誰？」

「哈哈哈……老夫這把年紀不是白活的啊，雖不知道你是誰，但對自己看人的眼光還是有些信心的。」

他「篤」地敲了一下拐杖。

「即使我將整棟大樓的人都叫來，這些人也不會是你對手。」

目光如此準確的人，在裡世界也是少見。

真不愧是左獨統治的島，有趣的人物還真多。

「你們想問左歌的事吧？」

代老向手下示意，手下馬上進入大樓，將借據拿了過來。

「左歌確實和我們借了錢，而且金額十分龐大，如今連本帶利已是一千萬。」

我仔細看了看那些借據，確認上頭的筆跡。

「左櫻小姐。」

我在她耳邊悄聲說道：

「沒有偽裝的痕跡，看來左歌確實跟他們借了錢。」

「欠債還錢本是天經地義，老夫手下的手段是強硬了點，這點由老夫代為致歉，但是——」

代老收起微笑，聲音一口氣沉了下去說道：

「一直避不還錢的左歌，難道就沒有任何錯嗎？」

「就算是這樣……」

為了幫助左歌，左櫻還是咬牙說道：

「那利息也太過分了，不過借了五百萬，才半個月就翻了一倍，變成了一千萬，這是這座島上的法律所不允許的——」

「哈哈哈哈哈哈——————！」

「……有什麼好笑的？」

「傳聞左家大小姐跟左獨當家關係不好，看來是真的啊。」

「為什麼突然提起我父親？這跟他有什麼關係？」

「大小姐妳和妳父親一點都不像啊，真是太天真、太天真了啊。」

代老指著身後的流氓說道：

「這座島由左獨統治，依照他的能力，難道他會不知道我們『代』的存在嗎？難道會不知道我們正在幹什麼嗎？」

「…………原來如此。」

經代老提點後，左櫻馬上就意會過來。

「你們之所以能做高利貸的生意，是因為我那混蛋父親的許可嗎？」

「正是！」

代老哈哈笑道：

「以上繳一部分收益為代價，讓老夫的組織得以順利存活。」

「…………」

左櫻緊緊捏起了拳頭，就像是想把拳頭捏碎一樣。

「左獨當家深諳人性，他從不認為人類該光鮮亮麗，他真正厲害的地方，在於他敢於利用人類的邪惡。」

用魔法監禁親生女兒，讓她遠離災厄。

用白色死神擔當護衛，讓女兒得到安全。

用無圓缺擔當代理人，讓狀況得以在她的掌控中。

左獨她所做的事，一直介於善惡之間的灰色地帶。

「並非所有人都有救，也並非所有人都能行走在光天化日之下。」

就像是要印證代老的話，一大片烏雲遮住了天空，讓陰影罩了下來。

「那麼，這些人怎麼辦？與其讓他們作亂，不如創造黑道組織收留他們。」

有光必有影。

這個世界的光有強，影就有多深。

不管法律制定得有多完善，也必定會出現犯法的人。

只有潔白的世界只是夢想——

而像我這樣的惡人也必定存在。

「大小姐，妳大概誤會我們了。我們確實是無良的高利貸沒錯，但我們並不會去強迫他人借錢；所有借貸者在借錢前，我們都會善盡告知的義務。」

代老再度打了個響指，手下從後方遞上了 iPad，裡頭裝的影片，全都是「代」和借貸人的簽約紀錄——其中當然也有左歌的。

只見「代」的人說明了他們的高利率，也在簽約前不斷確定「你確定後果嗎？要簽訂嗎？」

「只有走投無路之人，才會走到『代』來借錢。」

代老指著影片說道：

「在告知後果後仍選擇這麼做，這個意義無他——單純是這個人無可救藥。」

「……」

「意外的是，這種人通常是現實生活無法處理的惡人，因為沉迷賭博而到處借錢、因為養小三所以需要大量檯面下的金錢，因為染指了非法事業所以需要大筆資金周轉。」

代老重重敲著拐杖說道：

「這些人因為表社會無法處理，所以流到了裡社會來，由我們來清除。」

裡世界存在的意義，在於消化表世界無法處理的髒汙。

「正是因為有我們接下了髒活，這個世界才能順利運轉——

「老夫以我們的工作為榮。」

代老的聲音並不大。

但歲月的累積讓他的話十分有分量。

這股重量壓得左櫻一瞬間陷入了沉默。

原來如此。

藉著高利貸的逼迫，清除這些社會上的敗類。

左獨允許黑暗的存在，也比想像中還會玩弄黑暗。

——「本次的敵人，是連我都無法應付的存在。」

左獨曾這麼說過。

對於「真正之惡」究竟是誰，我一直毫無頭緒。

我認為不可能有存在是我和左獨都無法應付的。

但是，此時我想到了一個可能性——

——「真正之惡」是左獨。

本次的敵人，或許就是她。

「所以、所以……」

不知過了多久後，左櫻緩緩開口說道：

「所以你的意思是……左歌是這個社會中所無法容下的惡人囉？」

「若是讓妳感覺老夫剛才的說詞是如此，老夫道歉。」

代老微微低頭說道：

「老夫既然身為『代』的首領，那就該為組織發聲，老夫僅是想告知大小姐，我們並非毫無道理的暴力組織，我們依循自己的規則生活。若就這方面來說，我們甚至比某些在現實社會中取巧的人來得善良，所以——」

代老再度重重敲了敲拐杖，露出笑容說道：

「只要左歌還了錢，我們什麼事都不會做。」

不卑不亢地表明立場，同時也不忘施加壓力。

薑果然是老的辣。

「總之，只要還錢就好了吧？」

「是的。」

「那麼，由我來。」

左櫻手撫胸膛說道：

「我來替左歌還錢。」

「大小姐有這麼多錢嗎？雖然妳是左家的繼承人，但聽聞左獨當家禁止妳動用『左』的任何財產和力量，不是嗎？」

「我不用靠任何人，因為單單是我，就具有這樣的價值。」

「咦？」

「你不是最自豪你的眼光嗎？」

昂首挺胸的左櫻，一字一頓地緩慢說道：

「那麼，請你看看，我值不值一千萬。」

「………」

「賣我這個情——賣我這個左家繼承者的人情。」

存在感突然增加的左櫻向代老的方向踏了一步。

「看在我的份上，直接把左歌的欠款一筆勾消，如何？」

看著傲然站立的左櫻，代老沉默不語。

「別錯過這麼好的交易——別讓我對你的眼光失望，代老。」

左櫻身上散發出了一股堅定的自信，像是早已料到了這個談判的結局是如何。

站在我面前的並非左櫻，而是「左」的公主。

不知不覺間，主從的立場互換了。

「哈哈——」

代老撫掌大笑！

「有趣、太有趣了！不愧是左獨的繼承者！果然活得長還是有好事的。」

代老打個手勢，拿起手下遞過的借據，雙手用力一撕！

——劈啪！

隨著紙張破損的聲音，碎掉的紙片就像雪花一般，在空中飛舞。

「就如妳說的，這筆買賣一筆勾消，左歌與『代』之間就此兩不相欠，互不相干。」

「謝謝代老。」

左櫻伸出了手，露出微笑說道：

「我相信你不會後悔的。」

「能交上左家大小姐那麼好的朋友，老夫與有榮焉。」

兩人以燦爛的笑容握了握手。

雖然左櫻漂亮地替左歌把這事收了尾，但她也給自己留下了一個未爆彈。

之後代老若是有了需要解決的麻煩，想必就會找上門吧。

與其說這是解決問題，不如說只是把問題延後處理，就跟飲鴆止渴是同義的。

「代老。」

看著開心地宛如見到自己孫兒的代老，我忍不住開口問道：

「你認為『真正的惡』是什麼呢？」

聽到我這麼問，代老挑了挑眉，似乎有些意外。

他睜開半閉的眼睛，以他那年紀來說顯得太過炯炯有神的雙眼緊盯著我。

「你的問題很奇怪，小夥子。」

「……哪裡奇怪了？」

「一直以來，你想必都只看著自己吧？要不然，你不會問這個問題。」

「……」

「你早已看過真正的惡了。」

「咦？」

「只要你願意，一定能發現他。」

代老緩緩閉上眼說道：

「因為——他一直在你身邊。」

代老的話讓人摸不著頭緒。

「真正之惡」就在我身邊？

他早已假扮成了我所認識的人嗎？

「若是如此，那最可疑的對象就是劉沙或是左弦的『二重身』。」

因為這兩者都是原本不應該存在的事物。

「那麼分頭進行吧，而且這兩人都有可能知道左歌的行蹤。」

左櫻向我提議道：

「『二重身』那邊就拜託海溫先生了，不過這邊要強調，並不是因為我怕鬼喔。」

這種強調方式跟自白沒兩樣。

「至於我則去調查劉沙的事情。」

「左櫻小姐打算怎麼做？」

在交換聯絡資料後，我有些擔心地問了一下。

跳脫奈唯亞的身分從旁觀察後，對左櫻有了新的認識。

她的能力和腦袋都很優秀，甚至可以說完全不輸我。

但與我最大的不同，在於她還保有天真的一面。

為了重要的人，她可以毫不猶豫地做出亂來的事。

「有關劉沙的舊資料我會去調閱，同一時間，我也會拜託親衛隊的人幫我查一下島上的監視器，追蹤劉沙的行蹤。」

「嗯，很完美的處置。」

要是我的話應該也會這麼做。

「不過，『親衛隊』會協助左櫻小姐嗎？」

據代老的說法，在左獨的命令下，目前「左」的一切力量，左櫻都不能動用。

「我們班的班長——白鳴鏡，似乎是親衛隊的人，我會去拜託他。」

「嗯、喔，白鳴鏡是嗎？那劉沙那邊就交給妳吧，不過我要強調，並不是我怕白鳴鏡喔。」

「……嗯？這種此地無銀三百兩的補充是什麼意思？海溫先生跟白鳴鏡有什麼淵源嗎？」

「其實我們之間也沒什麼。」

「也是，海溫先生這種島外人士，怎麼可能會和他熟識嘛——」

「只是他跟我求過婚就是了。」

「你們的關係到底是怎麼回事！」

左櫻皺起眉頭說道：

「果然如左歌說的，男人都是人渣，白鳴鏡之前不是才跟我告白過嗎？怎麼這麼快就轉移了目標？而且還從女的轉成男的……」

人的潛力果然是無窮的。

我本以為白鳴鏡的評價在其他人心中已不能再更低了，但其實還是有往下的空間的。

「總之，現在已經是分秒必爭的狀況，雖然左歌之前跟我說過，她曾經在深山內用空手肢解了圍攻她的十頭熊，但人有失足，馬有亂蹄，不能保證實力高超的左歌不會因為一時大意而失手。」

她已經失手了，失手把牛皮吹得這麼大，我看她以後怎麼收尾。

「海溫先生打算怎麼抓到『二重身』呢？」

「既然她曾跟其他人說過話，就表示她具有實體吧？所以，只要想辦法和她見一面，說不定就有辦法抓到她了。」

「可是……聽說她都只出現一瞬間，跟別人說個幾句話後，就如鬼魂一般突然消失。」

左櫻一邊說一邊不自覺地發抖。

「如果錯過了那瞬間，可能就再也見不到她了。」

「不，我根本不用去找她啊。」

「嗯？」

「有一個地方是她必定會去的吧？」

我看向五色醫院的方向，露出微笑說道：

「只要在那邊等她，那左弦的『二重身』遲早會自己來找我。」

「所以，我來了。」

我進到502病房，向裡頭的左弦打招呼。

「歡迎過來。」

雖然我的來訪很突然，但躺在床上的左弦仍向我露出微笑。

「不好意思，我身體這樣，實在無法招待你。」

「左弦小姐別在意，我只是為了等人而已。」

我將身上的外套脫了下來，掛在衣帽架上後說道：

「今早過後，妳有看到左歌或是妳的『二重身』嗎？」

「歌兒的話，今早的會面結束後，我就再也沒和她見過面了。」

「嗯……」

這傢伙到底消失到哪裡了？

「至於我的『二重身』……聽醫院的人說，似乎在昨天深夜來到五樓了，今晚大概就會到我的病房吧。」

「原來如此。」

我挑了一張椅子坐下，閉目養神，不再言語。

時間不斷流逝，很快地就到了深夜。

我不知道左弦是怎麼看待我的。

但即使我沒對突然來訪的行為進行更多解釋，她也沒有想要追問的意思。

坐在床上的她只是看著窗外，微笑不語。

雖然我沒看過她當左獨女僕時的模樣，但從她這份恬靜內斂的姿態，我似乎看到了一絲她工作的樣子。

「海溫先生。」

「嗯？」

「我想說點歌兒的事給你聽，你介意嗎？」

「當然不介意。」

我搖了搖頭說道：

「不如說我很有興趣。」

這有一半是實話，因為知道後說不定能拿來當作取笑左歌的材料。

「我的前夫在歌兒出生時因為意外過世了，至於本來就是孤兒的我是沒有任何家人的援助的，為了養育歌兒，我進了左家拚命工作。」

「想必很不容易吧。」

「是啊，那是一段艱辛的日子，只是拚命地想著要活下去，想要讓歌兒過上好一點的生活。感謝左獨當家幫忙，將我們母女倆留在左家，不知不覺的，這段痛苦的時間就過去了。」

左弦露出虛弱的微笑說道：

「不是說小孩子都看著父母的背影成長嗎？可能是因為老是看我勉強自己，才養就了歌兒這種愛逞強的個性。」

——「妳能當上左獨當家的專屬女僕，我一直以媽媽妳為傲。」

左歌曾這麼說過。

或許就是欽羨左弦工作的樣子，她才努力成為左櫻的專屬女僕。

「海溫先生。」

映著窗外的月光，左弦露出了悲傷的微笑說道：

「我很後悔——一直為自己是左歌母親這事而後悔。」

「…………」

「若說小孩都是追隨父母的腳步而行，那我實在給了她太多壞榜樣。」

「別這麼說……左歌很仰慕妳的。」

「仰慕因過勞而即將死去的我？」

「……………」

「一直注視著不幸的人，是無法得到幸福的。」

左弦緩緩說道：

「我之所以決定要跟劉沙再婚，也是希望左歌能看到我幸福的樣子，我想告訴她——『妳已經不用再裝作一副堅強的樣子了，偶爾讓媽媽傷點腦筋也沒關係』。」

我突然意識到，這人果然是左歌的母親。

這兩人做的事都一樣，都想要展現幸福的模樣給對方看。

「她是個傻孩子，表面上總是裝作面無表情的樣子，但心中的感情比誰都還深。」

即使左櫻不和左歌交流，她仍默默陪在左櫻身邊十年。

不管我怎麼開她玩笑，最後她都會露出無奈的模樣原諒我，然後彷彿沒事一般地待在我身旁。

「我一直期盼著，有一個人能出現，讓左歌能盡情地吐露真心話。」

左弦轉過頭來，認真地看著我的雙眼問道：

「海溫先生，我雖然問過歌兒，但我還沒問過你呢——

「你喜歡左歌嗎？」

「…………………………」

左弦的話，讓我一瞬間停止了思考。

「我、我對她……」

我從沒認真思考這個問題。

對白色死神來說，真正重要的人唯有自己和任務對象。

所以，這時的標準答案只有一個。

「我不喜歡她。」

——我在說什麼呢？

現在我的身分，是左歌即將結婚的假男友。

就算是說謊，我也該跟左弦說出「我很愛她」的答案啊。

「抱歉……」

到頭來，我也跟左歌是一樣的。

「妳的女兒並非是我唯一該守護的對象。」

我們都無法對左弦說謊。

「嗯……」

左弦閉上雙眼點了點頭。

「我明白了。」

我不知道她到底明白了什麼。

但是，也沒機會知道了。

——啪。

病房的門突然打開，冷風灌了進來。

一道幽白的身影出現，左弦的「二重身」就這樣緩緩走進了病房。

「原來如此啊……」

上次見面時，我並沒有特別留意。

但此時細心觀察，我就看出了許多破綻。

這人並非鬼魂或是幽靈，也並非是易容術的高手。

「我一直想跟妳聊聊。」

左弦看著「二重身」，表情十分平靜。

看著她的模樣，我突然明白了——

她早已知道「二重身」的真實身分。

她是在知曉一切的狀況下，選擇什麼都不做的。

「我還有多少時間呢？另一個我？」

「放心吧，妳還有很多時間。」

「二重身」緩緩說道：

「接妳的時刻尚未到，我今天到這邊來，只是想跟妳說這件事而已。」

「是嗎，那真是太好了……」

左弦露出微笑說道：

「我會期待未來的。」

「二重身」點了點頭，轉身離開了病房。

「另一個我。」

左弦叫住了「二重身」，說出了完全不該跟幽靈提的話。

「之後的日子，要保重喔。」

「二重身」離開醫院後，我輕易地就抓住了她。

這傢伙根本就不是什麼真正之惡，而是一個大笨蛋。

如果扮成左弦的人不是我或是無圓缺。

那這世上只有一人能做到此事吧？

「表姊。」

脫掉假髮的左歌，被我逮個正著。

「欸？咦？」

看到我的左歌，就像傻住一般定在當場。

「我明明確認過周遭沒人才換衣服的啊……」

「我說啊，妳是不是忘了我是誰啊？我可是傳說中的隨扈啊，隱藏氣息這種事，對我來說一點都不困難吧。」

「…………」

左歌的視線到處飄移。

過了不知多久後——

「你、你認錯人了喔～～」

她面無表情地搖著手說道：

「我是左弦的幽靈，才不是你說的左歌呢。」

「……這世界上有戴著假髮的幽靈嗎？」

「幽靈也是有這種需求的！因為沒有腳，所以想要頭髮長點是應該的，這是補償心理！」

這傢伙似乎打定主意要裝蒜到底了。

「既然妳不是表姊，那我這麼做也沒關係吧？」

我露出奸笑說道：

「我要把表姊那些情色漫畫全都搬來，放到左弦面前。」

「…………」

「『這是妳女兒的興趣喔，尤其是這個觸手本，不知道自己在半夜看過幾次了』——我要這麼跟她說了喔。」

「……你這惡魔。」

左歌咬牙切齒地說道：

「我不是說了嗎？不要給媽媽過度的刺激，要是她羞慚而死，我會恨你一輩子的。」

「把至今為止的事都一五一十地交代清楚。」

「嗚……」

「要是不想讓媽媽因為這麼可笑的原因死亡，就不准隱瞞任何事。」

「我知道了啦！你這個人渣！」

其實機關很單純。

左歌一直扮演著左弦的「二重身」，在醫院定期出沒，並隨著時間推移慢慢靠近502病房。

左歌的扮裝術並沒有我和無圓缺高明，只要仔細看就能發現異常。

但每次她出現的時間都很短，也大多選在深夜出現，在昏暗的燈光下，這些小破綻都會被遮掩。

但為何我沒有第一時間想到是左歌在搞鬼呢？

「就妳來說也算是聰明了，竟使了這種心機。」

第一次我們到醫院時，我們在五樓同時看到了兩個左弦，左歌也在那時現身在我們身後。

也就是說，「三人」同時出現了。

這個既定印象蒙蔽了我們，讓我一時間將左歌從嫌疑犯的名單中剔除。

「在發現真相的現在，很簡單就能發現是怎麼回事。」

能完美扮演他人的，這個島上只有我和無圓缺。

「但是，無圓缺這麼說了——

——**「我從未假扮過左弦……」**

在第一次見面時，我們所看到的一樓左弦並不是她，而是左歌。

「至於在我們身後的左歌，其實是無圓缺所假扮，對吧？」

「是啊……」

左歌嘆了一口氣說道：

「我就知道遲早會被你看穿。」

「是妳去拜託無圓缺的嗎？」

「是我和左獨當家一起拜託她的，不過僅有那次而已，造成了她的負擔，我對她感到很抱歉。」

「負擔？怎麼會？以她的實力，要化裝成他人根本一點都不困難吧？」

「她說——她再也不想當別人了。」

「…………」

「從今以後，她僅為自己而活。」

無圓缺是抱著什麼樣的想法，說出這些的呢？

不，她就是我。

若是我的話——

那當然是為了我自己，才這麼說的。

「總之，我自己也知道，『二重身』是個很愚蠢的計畫。」

坐在星空下的長椅上，左歌仰頭說道：

「但是，我也想不到別的辦法了。」

「雖然原理我明白了，但妳究竟是為何要這麼做？」

「為了什麼？當然是為了媽媽啊。」

看著天空的左歌，一臉平靜地說道：

「媽媽已經放棄求生的欲望了。」

「……」

「手術成功率太低，完全沒有醫生願意動手術，再這麼拖下去，本來就很絕望的數值只會變得更低而已。」

「難怪妳和左獨當家會去尋找『一成神醫』。」

將希望賭在虛無縹緲的傳說中。

「媽媽的身體已經夠糟了，若是連內心都放棄，可能馬上就會離開這世間也說不定。」

「所以，妳才利用左弦看到另一個自己的事實，到處散布『二重身傳說』？還自己下去扮演左弦？」

「是啊。」

另一個自己會越來越近，等到「二重身」來到眼前時，生命之火就會熄滅。

「如果將這個傳說反過來看的話——

「只要我不去觸碰媽媽，她就永遠不會死掉，對吧？」

「……………………」

真是個大傻瓜。

花了這麼大的心力去布置的計畫，僅是為了這麼愚蠢的自欺欺人。

「因為要養育我的關係，媽媽從我小時候就吃了不少苦頭，如今我好不容易成長到了能報答她的時候，她卻已經沒有時間了。」

儘管聲音有些顫抖，但左歌仍沒有落下眼淚。

「我很後悔——一直為自己是媽媽女兒這事而後悔。」

左歌低下頭，長長的瀏海遮住了她的面容，讓我看不清她的表情。

「要是沒有我的話，她可以過上更好的生活，也會活得更幸福的。」

左歌的想法和左弦完全如出一轍——就像是二重身一般。

「我很笨對吧？奈唯亞。」

左歌的雙手緊緊捏著裙子，捏出了深深的皺痕。

「只要媽媽相信二重身傳說——只要我一直不去碰她，說不定就可以讓她多點活下去的機率——抱持這種希望的我，是不是很笨？」

——根本是個徹頭徹尾的大笨蛋。

我雖然是這麼想的，但看著這樣的左歌，我一句話都說不出來。

「你為何不回答我？為何啊……」

低著頭的左歌，以像是要哭的聲音說道：

「你明明就知道，明明嘴上說著希望媽媽能相信『二重身傳說』——

「但其實真正相信『二重身傳說』的笨蛋，就是我啊……」

即使激動不已，左歌那如鐵一般的面具仍沒有破裂。

保持著面無表情，疲憊至極的她就這樣躺在長椅上沉沉睡去。

「真是的……」

該怎麼辦呢？

「真希望一開始就不知道這些事。」

看著左歌的面龐，我的腦中冒出了好久好久以前的回憶。

那是我還未被稱作白色死神之前的事——

「我想賺錢。」

還是小孩子的我，裝作天真無邪的模樣去問了裡世界的大人們。

「請告訴我這世界中最賺錢的工作。」

「搶銀行。」

「請告訴我不會犯罪的方法。」

「不被發現地搶銀行。」

「……請告訴我搶銀行以外的賺錢法。」

「你會不會太天真了！」

裡世界的大人生氣地責罵我道：

「這世界沒有這麼好混！想要不勞而獲就賺到大錢，是最要不得的想法！」

從這件事我可以得知，問裡世界的人是沒有用的，畢竟都是一群無可救藥的人。

順道一提，最後我把罵我的人痛打一頓，將他身上的所有財產洗劫一空。

之後，學乖的我跑去問表世界的人。

大家的口徑一致地說出了一個職業——醫生。

「好，從今天起我就是醫生了。」

我雖是普通人，沒有任何的才能。

但是為了賺錢，我的行動力是無窮的。

不眠不休地研讀和學習，我花了一年的時間就追上了一般醫生的水準。
而且身在裡世界中，多的是屍體和重傷者，這些人成了我最好的練習對象。
先是醫好第一個人、接著是第二個、第三個——
過了兩年後，我突然有了一個稱號——「一成神醫」。
「總覺得左當家應該是知道此事的。」
所以，她才故意給我尋找「一成神醫」的委託。
「不過，我早已捨棄了那條路。」
雖然確實可以賺上大筆金錢，但那是條修羅之道。

——「『一成神醫』是被你殺掉的，對吧？」

左獨曾這麼問過我，而這毫無疑問的是事實。
我親手將他埋葬，他確實被我所殺。
之所以會捨棄這條路，是因為不管醫術再高超，都有無法治癒的疾病和傷勢。
而且諷刺的是，隨著我的醫術越來越好，我所面臨的疑難雜症也越來越困難。
等到我發覺時，我醫死的人已經遠比治好的人多了。
「『一成神醫』終究只是個虛有其表的稱號。」
在我放棄稱號的前一刻，一百人中我說不定只能治好二、三人。

治癒率根本就不是一成，而是無限趨近於零。

「若是有信念的人，或許能將這條路堅持下去吧？」

但是我沒有。

我沒有想要達成的目標，也沒有想要救的人。

僅僅只是想要賺取大把金錢的我，再也無法看著屍體無意義地在我眼前堆積。

──「身為白色死神的你，這輩子所遇過的人只有兩種──一種是被你保護的人，一種是為了保護而捨棄的人。」

「為了保護自己，我捨棄了名為『一成神醫』的自己。」

也是從那天起，我踏上了名為「白色死神」的路。

「畢竟，這是條比較輕鬆的路。」

只要負責生，不用負責死。

不管結果如何，只要任務成功了，至少會有一人感謝我。

「所以，若這世上只有『一成神醫』能救左弦的話──」

那就意味著，再也不存在任何人可以救她了。

因為「一成神醫」已經死了，不管怎麼樣都不可能復生。

就算不提我的醫術已經生疏多年這事，我也無法承受醫死左弦後所帶來的後果。

——「**海溫先生，你喜歡左歌嗎？**」

左弦的問題，此時突然在我腦中響起。

我轉頭看著躺在我身邊，即使在睡夢中也皺著眉頭，像是很痛苦的左歌。

「原來如此啊。」

我不喜歡她，對她也沒有戀愛方面的情感。

「但是——

「我不想被她討厭。」

無論如何都不想。

吐出的嘆息在深夜中結成了白霧。

「真是的……」

「我還真是越來越不像我自己了……」

自從「ＬＳ任務」開始後，我似乎有了越來越多牽掛的事。

無圓缺經歷了漫長且大量的人生後，似乎終於找到了自己。

但是我呢？

為何找到越多自己，我就越感到迷茫呢？

——嗶嗶！

此時，我的手機中傳來了接到訊息的聲音。

——「我終於找到『真正之惡』是誰了。」

左櫻的簡訊中，寫著這樣的內容，還附加了幾個影片檔案。

「這是……」

原來如此。

——**「所謂真正的惡，並非如此單純的事物。」**

這就是真正之惡的意義，難怪我一直找不到他。

第六章 要是連成為英雄都不會，當個隨扈可是活不下去的

剩餘報酬：80億

在接到簡訊後，我來到了劉沙的住所。

他住在足足有五十層樓的高級公寓中，內部裝潢也十分奢華。

將我迎進門後，他從酒櫃中拿出了幾瓶紅酒。

「雖然已是半夜三點了，要喝點酒嗎？」

手拿著兩個玻璃杯，他將如紅寶石的液體注入杯子中。

「那麼，我就不客氣了。」

能喝到免費的高級紅酒，對我來說是求之不得的事。

「這麼晚了，找我有什麼事嗎？」

穿著浴袍的劉沙坐到了我對面的沙發。

「我是想來問問，這幾個影片是怎麼回事？」

我打開手機，將左櫻傳給我的影片播放給他看。

這些影片檔，全都是左櫻委託白鳴鏡去調閱的監視器畫面。

「影片有什麼奇怪嗎？」

劉沙看了看後說道：

「不全都是我跟左歌單獨會面的畫面嗎？」

「那麼——」

我手指點著螢幕說道：

「為何每次見面，你都在跟她要錢呢？」

「身為爸爸跟女兒借點錢，又不是什麼奇怪的事。」

「前前後後，總共借了兩千萬？」

「是啊。」

即使聽我這麼說，劉沙的表情仍一派輕鬆。

「聽說她最後還去借了高利貸，不過不管怎麼樣，只要有給我錢就好。」

「…………」

左歌的存款在幾天內消失，還被逼得去找「代」，全都是因為眼前這個男人。

「海溫先生對我的事，查到哪邊了？」

「劉沙只是你眾多名字中的一個，你擁有許多面貌和身分，是個知名的『愛情騙子』。」

不管是住的地方、手上拿的紅酒、手腕戴的高級手錶——

「全都是靠著搾取女性的錢而來的。」

「原來如此，已經瞭解到這種程度啦。」

即使被揭穿身分，也像是沒事人的劉沙點了點頭說道：

「那麼，海溫先生還有什麼想問的呢？」

「在這個島上的官方紀錄中，寫著你已在四年半前死亡，這是怎麼回事？」

「啊啊……這事啊。」

劉沙推了推臉上的黑框眼鏡說道：

「五年前我和左弦結婚，我正在思考要用什麼方式詐騙她的錢時，被這個島的統治者──左獨發現了我的真面目。」

就像是在說一件微不足道的小事，劉沙說道：

「他將我趕了出去，並威脅我再也不准接近左弦，真是的，明明那是我的太太啊，看來他們私底下似乎關係匪淺。」

從這句話看來，他也只知道左獨的偽裝身分。

「那個官方的死亡紀錄，可能是為了不要讓左弦察覺我的真面目吧，所以才對她謊稱我已經因為意外而死，真是用心良苦。」

「都被這樣警告了，你怎麼還敢回來？」

「當然是因為知道左弦快死了啊。」

被識破真面目的劉沙不再偽裝，他點起菸，一邊吞雲吐霧一邊說道：

「當初花了那麼大心血經營起來的獵物，卻什麼錢都沒拿到，為了填補這份空缺，我決定再回來一趟。」

至此，所有不合理之處都解開了。

為何明明紀錄上已死，左弦和左歌看到他卻一點都不驚訝。

因為他本來就沒死。

當初的紀錄只是左獨的專斷獨行。

劉沙重新歸來後，大概隨便找了個理由搪塞過去了吧，例如自己在國外經商失聯，想盡辦法才好不容易回來之類的。

「你不怕左當家嗎？」

「怕啊。」

劉沙吐出一口煙說道：

「不過只要左弦還活著，他就不敢對我動手吧？我會在左弦死前逃走的。」

雖然我不覺得左弦死後你能從左獨手中逃離，但是連這點風險評估都沒做好，只能證明這傢伙的程度就只有如此而已。

——**「本次的敵人，是連我都無法應付的存在。」**

左獨曾這麼告誡我。

這讓我誤以為這次的敵人強大無比。

但其實事實正好相反。

難怪我的直覺完全不起作用。

這人僅靠玩弄女人的感情為生，是個裡世界名不經傳的小角色。

所以我從未聽過他的名字，他大概也不曾聽聞「白色死神」。

「本來我還在傷腦筋，要怎麼叫左弦拿出錢來，但當瞭解現在的狀況後，我發現比起左弦，有個獵物更加合適。」

「所以你找上了左歌，是嗎？」

「是啊，事情比我想得還輕鬆，她完全沒有反抗，就這樣對我百依百順。」

劉沙得意地哈哈笑道：

「『如果不想要我刺激左弦，讓她提早死掉，就將所有錢交給我』——我只不過簡單威脅一下，她就馬上將所有資產交了出來。」

「……………」

「唉呀，真是感人的母女情啊，一聽到我這麼說，她就跪了下來，懇求我在左弦面前繼續扮演一個好丈夫，不管我想要多少錢她都願意滿足我。」

劉沙裝模作樣地用手指擦了擦不存在的眼淚。

「為了讓媽媽最後一程走得順遂，左歌還真是拚命呢，拜她所賜，我得到了預期以上的成果。」

利用這份孝心，將左歌搾到極限。

我回想起左歌帶我這個男友初次去見父母時的情景。

她的表情一如往常，並沒有因為劉沙而產生任何異樣。

她是抱著怎樣的心情在忍耐的？

「海溫先生，不知為何，我總在你身上聞到了和我一樣的味道。」

「是這樣嗎？」

「要是真的珍愛左歌的人，怎麼會好好聽我說話到現在呢？早就一拳打過來了。」

「你說得沒錯，我和她之間的情侶關係只是假的。」

「果然如此！」

劉沙對我舉起酒杯說道：

「該不會你也是個愛情騙子，是個同行吧？」

「哈哈——」

我實在忍不住笑出來。

竟然問總是孤獨行動的我是不是靠騙取愛情而活？

若是有認識白色死神的人聽到劉沙的問題，想必都會有和我一樣的反應吧。

但這樣的回應似乎讓劉沙誤會了，誤以為是我和他一樣，都是愛情騙子。

於是他前傾身子，向我問道：

「海溫先生，不如我們合作吧？」

「合作？」

「只要狠下心來跟我一起繼續逼迫左歌，你就能賺到足以讓你生活一輩子的大筆金錢了？何必執著於一兩個女人呢？這大量的錢甚至可以讓你開後宮喔！」

「就算你這麼說，但左歌已經被你逼到去借高利貸了，身上已經沒有錢了吧？」

「你在說什麼？賺錢的方法多得很啊——」

「比方說逼到她自殺如何？」

「…………」

「保險的受益人是左弦，但左弦已不久於人世，我名義上姑且是她的繼父，最後這筆錢會全部進到我的口袋中。」

——「你尚未理解何為真正的惡。」

我的腦中響起以前曾聽過的話。

——「不，應該說就是因為是你，所以才不能明白。」

我當然不能明白。

當我成為白色死神後，我所接觸的都是大案子。

為了保護一個人而發動戰爭——為了製造和我一樣的存在誘拐大量的兒童。

沒人會為了這麼無聊的理由去奪走一個人的人生。

「這是個很有魅力的提議。」

我帶著微笑，拿起了酒杯。

——殺了他吧。

這種人，實在沒有讓他活著的理由。

左獨和左歌顧慮左弦，所以只能對劉沙百依百順，但是我可不同。

本就是惡人的我，除了任務對象之外，誰都不用顧忌。

既然是「真正之惡」，那直接剪除也沒有關係吧。

我的酒杯和他的酒杯碰撞後，發出了清脆的聲響。

以他完全無法看清的動作，我將指甲內藏的藥粉灑到他的酒中。

只要喝下我特製的毒藥，明天早上他的心跳就會自動停止，就像是一場找不出原因的意外。

渾然不知的他，就這樣將手上的酒送入口中——

——叮咚！

就在此時，劉沙家的門鈴響了起來。

——叮咚！叮咚！叮咚！叮咚！叮咚！叮咚！叮咚！

彷彿一秒都不能多等，門鈴急迫地響著。

為了怕吵到鄰居，劉沙趕緊放下酒杯去開門。

「嘖……是誰啊，壞我好事。」

不過沒關係，今晚還很漫長，多的是機會將劉沙殺了。

誰都無法阻止我，就算是左獨親自來都一樣。

「咦？」

劉沙驚訝的聲音從玄關響起。

「妳怎麼會在這個時間來這邊──」

「讓開！」

深夜的不速之客將劉沙推開，如風一般闖了進來。

「我、我就知道──」

上氣不接下氣的左歌，站到了我的面前。

看來她是在醒來後發現我不在身邊，馬上以第一時間趕來的，所以才喘成這樣。

臉色灰白的她看了看桌上的酒杯，又看了看我的臉龐。

深知我行事作風的她，似乎很快就明白了我打算做什麼。

──啪！

她揮手將桌上的酒杯全都掃到了地上，漂亮的水晶杯落到地面，登時化作了無數碎片。

「喂！左歌！」

劉沙一臉不開心地抓住她的手腕說道：

「妳在做什麼！這些杯子可是很貴的啊！」

「吵死了！你這個什麼都不知道的天真傢伙！」

左歌大聲喝斥，用力將劉沙的手甩掉。

可能是從沒看過左歌這麼激動的模樣，劉沙愣在原地。

「走了！」

這次換左歌一把抓住我的手腕。

「我有話要跟你說！給我馬上離開！」

「……就這樣離開好嗎？左歌。」

「我說走了！」

左歌緊緊咬著下嘴脣，就像是在忍耐什麼似地說道：

「他是我的爸爸！是我媽媽最重要不過的人生伴侶！」

「可是──」

「快點離開吧。」

「……」

「算我求你了……」

左歌低下頭，長長的瀏海再度蓋住她的臉龐。

「快點離開吧……」

看到左歌那副輕輕一戳就要崩潰的模樣，我再度深深嘆了口氣。

「我知道了，都聽妳的。」

留下丈二金剛摸不著頭腦的劉沙，我站起身來，和左歌一同離開了這個地方。

半夜四點。

離情人節以及我和左歌的婚禮還有四天。

我和左歌在離開劉沙的住所後，並肩走在空無一人的街道上。

左歌的臉色前所未有的糟糕。

劉沙的威脅、母親的臨死、「代」的討債——

她究竟幾天沒有好好休息了呢？

「海溫。」

左歌淡淡地說道：

「如果剛剛是我弄錯了，我向你道歉，但你剛才是不是打算殺了劉沙？」

「是的。」

「……為什麼？」

「理由妳應該比誰都還清楚，反倒是我要問妳，為什麼要這樣默默忍受？」

「為了什麼忍受？當然是為了媽媽啊。」

「如果為了她好，就應該趕快把劉沙斬草除根，要是妳下不了手的話就由我來──」

「然後，讓我的媽媽難過嗎？」

左歌回過頭，以平靜到可怕的雙眼看向我說道：

「讓她看見自己的老公死亡，受到打擊後馬上離世嗎？」

「……妳難道不知道，劉沙就是抓住這點，所以才那麼恣意妄為的嗎？」

把「左弦不能受到過大的刺激」這事當作護身符，劉沙的惡行可說是毫無下限。

「只要能讓媽媽幸福，不管什麼事我都願意忍耐。」

「他甚至打算殺了妳啊！」

「我會小心的。」

「就算妳忍耐和小心了又如何？這根本就不是真正的幸福啊！」

「就算是虛假的也沒有關係！只要在媽媽死前的短暫時光就好，我想要製造和樂的一家人景象。」

「妳──妳到底要蠢到什麼地步！」

氣憤的我一把揪住了左歌的領子，被我提到半空中的左歌看著我的雙眼，不再言語。

過了不知多久後，她低聲說道：

「……這一點都不像你。」

「什麼？」

「你為什麼要管我？這一點都不像你。」

「……」

「今天晚上時，你不是這麼跟我媽媽說的嗎——『你的女兒並非我唯一該守護的對象』。」

那時的左歌，正扮演著左弦的「二重身」站在門外，所以聽到了我說的話嗎？

「就算你幫了我，我也拿不出任何報酬給你，如果沒有任何好處，為何白色死神要行動？」

左歌把一直以來縈繞在我心中的不快化作了實體問題，擺到了我的面前。

這讓我十分煩躁。

但無視我的心情，左歌毫不客氣往我的怒火中添了柴火。

「海溫，如果你殺了劉沙，讓媽媽有了什麼萬一——」

左歌緊緊抓著我的手腕說道：

「我會恨你一輩子。」

「……妳竟然為了那種人威脅我？」

「我不是為了他，我是為了媽媽。」

「所以妳的意思是，要我完全不要管妳，是嗎？」

「是的。」

「我知道了！」

我將左歌「砰」的一聲丟到地上。

「妳就讓妳的愚蠢繼續傷害周遭的人吧！」

丟下左歌，我頭也不回地離開。

在深夜的黑暗中，她縮成一團坐在地上，看起來就像是要被這股黑暗所吞沒一般。

氣憤的我回到我和左歌的住所，結果發現因為「代」的襲擊而弄得亂七八糟的住所，竟神奇地恢復了原狀。

看來是左獨馬上請人來緊急修繕了。

「啊……歡迎回家……」

打開門後，一個意想不到的人迎接我回家。

「你一定累了吧……？」

「……妳又來了啊？」

「是的，我又來了……已經等你很久了……」

「…………」

「你稍等一下喔……我馬上就弄好了……」

穿著制服和圍裙的無圓缺，勤勞地張羅飯菜。

沒過多久，熱騰騰的料理就擺滿了餐桌。

雖然每一樣都是普通的家常菜，但這些全都是我愛吃的食物。

「快趁熱吃吧……」

就像是被無圓缺的動作和話語引導，我順從地坐了下來，開始享用這些佳餚。

無圓缺坐在我的對面，雙手撐在下巴處看著我吃飯，不知為何臉上帶著一絲滿足的淺笑。

「我吃飽了，感謝招待。」

過了十分鐘後，我將桌上的菜餚一掃而空。

「心情有好一點了嗎……」

「本來就沒有不好啊。」

「說謊。」

「……」

「我可是你啊，你在自己面前逞強，一點意義都沒有吧……」

無圓缺說得對。

雖然我們相處的時間不長，但她可是花了無數的人生，就只是為了成為我。

我的情緒和想法，是不可能瞞過她的。

「真難得啊，竟然會跟別人吵架。」

「是啊，都不記得上一次跟別人吵架是什麼時候了。」

既然隱瞞沒有用，那不如選擇向無圓缺坦承一切。

「而且對象還是那個左歌，這真是令我想不到。」

「所謂的吵架，是在對等的關係下才會發生的事情喔……」

「啊？」

聽到無圓缺這麼說，我趕緊搖了搖手說道：

「我跟那傢伙對等？怎麼可能。」

「這邊說的對等，指的並不是地位或是能力的對等，而是心中的對等……就是因為將她的存在放在心中，所以才會因她的言行而憤怒。」

「這更不可能了，妳的意思是，我其實很重視她嗎？」

「就是這樣沒錯。」

「……」

「那麼，我回過頭來說另一件事吧。」

無圓缺指著桌上的巧克力說道：

「相信你也猜到了，你在情人節活動之所以會中頭獎，是左獨當家的刻意設計。」

「果然如此，但我想不通的是，左當家究竟為何要這麼做？」

「因為他想觀察你會選誰當你的對象。」

「這有意義嗎？」

「當然有啊，一直以來總是只看著自己的白色死神，竟主動選擇了另一人對等地站在自己身邊——這件事本身就有意義吧。」

「不不，你們會不會想太多，我只是想隨便挑一個人，把這件麻煩事隨便應付掉而已。」

「那麼，為何最後你挑了左歌當你『模擬婚禮』的對象呢？」

「因為她最方便也最好利用。」

不管多麼過分的對待她都會原諒我，也不會對我的行動有任何怨言。

而且，最重要的是——

——**「我深知你的本性，就算天地倒轉，我也不可能愛上你的。」**

「她不會因為身處在婚禮這種浪漫的情景，就輕易對我傾心。」

「真是的……都說成這樣了，你還是沒自覺嗎？」

「……什麼自覺？」

「左歌對你來說，是最能放鬆——最沒有壓力的對象。」

「……………………」

「假若真的要結婚，人們不會挑選最愛的人，而是會挑選最有安全感的對象。」

「……我又不是真的要結婚。」

「但在這麼多人中，你仍選中了她。」

將臉的下半部埋進圍巾中，無圓缺說道：

「我本來以為你會挑我的，真是難過…………………………開玩笑的。」

「……………」

這傢伙到底是說真的還是在開玩笑，真難判斷。

「白色死神，為何這麼抗拒承認呢？」

無圓缺歪著頭問道：

「承認其他人在你心中具有一定分量，這讓你很恐懼嗎？」

「並不是這樣。」

我搖了搖頭說道：

「我單純覺得是你誤會了，無圓缺。」

「我誤會了什麼？」

「你應該比誰都清楚，我是個自私的人。」

一直以來，我都是獨自一人。

「靠著僅思考自己而活，我好不容易走到了今天。」

「我比誰都明白此事，畢竟我就是你。」

無圓缺用手摸著圍巾上的「圓缺」兩字。

「你不是個英雄，只是個卑鄙小人，即使曾有數萬人正在為你受苦，你也不會伸出援手。」

就算我真的提早知道了「無名」的真相，我也不會做出任何行動。拯救那些人並不會帶給我任何好處，只會讓我面臨生命危險。

「你是個人渣。」

最清楚我真面目的無圓缺，看著我認真說道：

「除了自己之外，你一直沒有將他人放到心中，你從未想過無償付出，也從未帶給他人幸福——

「但是，這不代表你之後會一直如此。」

「……………」

「你可以有珍惜的人，也可以成為英雄，你當然也能帶給他人幸福。」

無圓缺的話讓我想到了之前在左櫻房間看到的情景。

那貼滿了房間的字條，顯示著我在她心中的美好形象。

「白色死神，想必你自己也發覺了吧？你早已跟之前不同了。」

自從成為白色死神後，我就捨棄了原本的名字。

我從沒有用真心和真實的樣貌去和他人相處。

這是對我自己的保護。

因為這樣當哪天需要捨棄周遭的人時，我才能不因感情束縛而猶豫。

但是在接到「ＬＳ任務」後，我遇到了許多人。
在他們心中，奈唯亞和海溫是真實存在的人物。
儘管我從沒拿出真心來，但對他們來說，我似乎真實無比。
被他們所影響，我似乎也開始變得有所不同。
「無圓缺。」
「嗯？」
「妳認為即使是我這樣的人，也能成為英雄嗎？」
「你在說什麼啊。」
無圓缺露出了透明的微笑說道：
「你早已是我的英雄。」
「……」
「我就是你，既然我能找到你這麼重要的人，那麼想必未來的你一定也可以的。」
無圓缺脫下圍巾，以輕柔的動作套在我的脖子上。
「所以鼓起勇氣，正視自己的內心吧——」
將我拉近到身邊，她在我耳邊輕聲說道：
「你能給予幸福的人，早就不只你一人了。」

無圓缺讓我明白了，我雖然能察覺他人的心情，但是我對自己的情感遲鈍無比。

這也是當然的。

若不藉助鏡子，人就無法看見自己。

一直以來孤身一人的我，只是不斷重複完成任務、離開當地的過程而已。

從未與他人深交的我，無法透過別人知曉自己的模樣。

但是，經過和無圓缺的談話後，我明白了。

——我想幫助左歌。

所以，我才來到了此地。

抬頭看著五色醫院，我以順暢的速度從外牆爬了上去，藏在了502病房外。

時間是清晨六點，東邊的天空開始現出魚肚白。

今晚還真是個忙亂的一晚。

抓住左弦的二重身、知道了「真正之惡」是誰、與劉沙談判、和左歌吵架，然後是被無圓缺開導——

「仔細想想，其實謎團全數解決了。」

本次的事件一點都不複雜，甚至可以說過於簡單。

真正困難的是，如何將此事完美收尾。

若是白色死神的話，一定會不顧一切地將劉沙殺掉，了結這一切。

但現在的我是奈唯亞——是左歌的表妹。

所以，我得先了解她的心情才行。

「因為待會還有生意要忙，我就先告辭了。」

病房中，傳來了劉沙的聲音。

「辛苦你了，還特地送早餐過來。」

「這點事算不了什麼。」

劉沙推了推黑框眼鏡，露出了人畜無害的完美笑容說道：

「要是能讓妳在病房中開心點，想吃什麼都歡迎跟我說。」

即使昨天半夜被我和左歌打擾，他仍起了個大早送早餐過來，與左弦和左歌她們一起共進早晨時光。

要是不知道他的真面目，真會覺得他是個完美丈夫。

「爸爸，路上小心。」

左歌向他揮了揮手。

「左歌妳也是，媽媽就拜託妳照顧了，要是需要幫忙就隨時給我電話。」

——真是美滿的家庭啊。

不管是誰看到這樣的情景都會這麼覺得吧。

而這也是左歌拚命想守住的風景。

即使被劉沙威脅和搾財、即使昨晚才阻止我殺了他，但左歌仍表現得像是什麼事都沒發生一般。

在劉沙走了後，病房中只剩下左弦和左歌。

坐在椅子上的左歌打著盹，頻頻點頭。

「歌兒，還不睡嗎？」

「再一下就睡了，昨天幾乎沒跟媽媽說到話呢。」

大概是覺得「代」會來討債，所以左歌暫時躲藏了起來吧。

「妳都已經快睜不開眼睛了。」

「放心吧，我還可以……還可以……」

「時間還很多，妳就快睡吧，我的『二重身』跟我說了，我還有很多時間可以活。」

「那真是太好了……」

左弦明明早就知道「二重身」的真身是左歌，但她仍溫柔地沒有戳破。

因為左弦的不斷勸說，終於妥協的左歌最後趴在了左弦的腳上。

坐在病床上的左弦，用手指輕撫她的髮絲。

「歌兒。」

「嗯？」

「和海溫先生吵架了是嗎？」

「媽媽怎麼會這麼問呢？」

「因為看妳心情很糟的模樣。」

「……我有露出這樣的表情嗎？」

「即使妳的表情都沒變我也看得出來，我可是妳的媽媽啊。」

「嗯……」

「為什麼吵架了呢？」

「我們沒有吵架。」

左歌搖了搖頭說道：

「他根本不會將我放在眼中，所以我們不可能吵架的。」

「呵……這不就是歌兒生氣的理由嗎？」

「……」

「妳希望他重視妳的意見，把妳好好地看在眼中，對吧？」

「是這樣嗎……」

「雖然我不知道你們是為了什麼吵架，但記得之後要去和好喔。」

「就算我認真道歉，他也不會放在心上吧。」

「會的。」

「……媽媽怎麼能說得這麼肯定，明明就不太認識他。」

「因為他是左歌挑選的未婚夫啊，一定是個好人的。」

左弦閉上眼，像是祈禱一般喃喃說道：

「他一定能給你幸福的。」

兩人不再言語，只是任憑窗外的晨光和微風灑落在他們身上。

就在我懷疑兩個人是不是都睡著時，趴著的左歌就像是在說夢話一般輕聲開了口。

「媽媽……」

「什麼事，歌兒？」

「妳、妳……」

可能真的是很害怕聽到這個問題的答案吧，左歌的聲音有些顫抖。

「妳這輩子，過得幸福嗎？」

「傻孩子。」

左弦擁著左歌，毫不猶豫地說道：

「有妳這樣的孩子，我的人生怎麼可能不幸福呢。」

第七章 要是連約會都不會，當個隨扈可是活不下去的

剩餘報酬：80億

在白色死神的世界中，事情多數是由二分法決定的。

對的事和錯的事。

應該保護的人和應該捨棄的人。

能解決的問題和不能解決的問題。

以及最重要的——

白色死神和白色死神以外的人。

所以，我一直不能理解左歌的選擇。

她的做法只是讓狀況繼續惡化，劉沙不會停止對她的壓榨，她和左弦也不會得到她們想要的幸福。

「但是，如今我似乎能明白了。」

就是因為與他人從不產生聯繫，我才能以二分法看事情。

但這個世界的事情，多數都非如此。

明明劉沙是惡，卻因為想要讓左弦這個善幸福，而拿他無可奈何。

明明左歌是錯的，卻因為不想讓她為難，所以只能將問題繼續擱置在那邊。

因為和他人扯上了關係，所以才讓問題變得複雜，也讓答案不再只有對和錯兩種答案。

——**「你尚未理解何為真正的惡。」**

「我一直以為，『真正之惡』是劉沙，但其實並非如此。」

——**「不，應該說就是因為是你，所以才不能明白。」**

因為一直以來都沒有將他人放入心中，所以我才無法明白這件事。

「真是悲哀啊……」

所謂的真正之惡。

其實是拚了命地想要讓左弦幸福的左歌。

「請大家幫忙奈唯亞。」

隔日，在學校屋頂，我向大家說明了這些天發生的事。

順道一提，這是睽違兩個星期首次召開的午餐會，參與的人有我（奈唯亞形態）、左櫻和白鳴鏡等老成員。

至於無圓缺，我本想邀請她一起來參加，順便跟大家多些交流。

「不用了……」

但我話還沒說完，無圓缺就拒絕了我的提議。

「我不打算擴展自己的人際關係……腦中已有太多人生，我光是要固定自我就必須竭盡全力。」

「不想再增添多餘的負擔，是嗎？」

「是啊，而且，我有你就足夠了。」

無圓缺的語氣非常自然，讓我過了零點一秒後才反應過來她說了什麼，不過即使意識到她說了什麼，我也不知道該回什麼好。

自從那晚的深夜談話後，我感到自己心中有某個部分出現了變化。

我不知道這是好是壞。

但是，就像左歌曾經說過的——

我不討厭這樣的自己。

「海溫拜託奈唯亞，說想把婚禮提早。」

時間回到現在，我以海溫代理人的身分說道：

「既然表姊的願望，是想讓媽媽早些看到自己披上婚紗的樣子，那麼也不一定要在情人節當天舉辦吧？」

畢竟左弦的時間已經不多了。

「等一下，在討論左歌的結婚典禮前，還有別的事應該做吧？」

從剛剛開始就沒發言的白鳴鏡舉起手來說道：

「為什麼不把劉沙給五馬分屍？」

「…………………………………」

過激的發言，讓我的腦袋一瞬間停止了運轉。

過了不知多久後，回過神的我才從嘴巴擠出話說道：

「……為什麼？」

「還問為什麼……」

白鳴鏡以燦爛的微笑說道：

「那傢伙造成奈唯亞的困擾了，不讓他嘗嘗地獄的滋味怎麼說得過去呢？」

不，完全說不過去啊。

明明滿臉笑容，但為什麼你的眼睛是全暗的啊？

「班長，你這樣不行啊。」

「沒錯，左櫻大人，快勸勸他——」

「比起物理層面的痛苦，心理方面的折磨更重要吧。」

「……………………………」

「我明白了，那就想辦法讓他迷上手遊，接著再聯絡手遊廠商暗改他的機率，讓他一直抽不到想抽的卡。」

「嘿嘿嘿嘿……」

露出左家繼承人絕對不該露出的笑容，左櫻拍了拍白鳴鏡的背說道：

「想得出那麼殘酷的方法折磨奈唯亞的敵人，你意外的是個不錯的傢伙嘛。」

「過獎了，左櫻大小姐，不如我們現在就找個地方好好促膝長談——」

「你們兩個都冷靜點。」

我趕緊出言阻止建立奇怪連結感的兩人道：

「剛剛也說過了，要是對劉沙出手，會造成表姊和左弦困擾的。」

「唉呀，這真是盲點。」

這到底哪裡有盲點了，不就是我們一開始的主軸嗎？

「回到原本的話題，提早舉行婚禮這點我也贊成。」

左櫻點頭贊同我的——不，應該說是海溫的提議。

「不過具體來說，想要什麼時候舉辦呢？」

「海溫希望明天。」

「明天嗎……？確實有些趕。」

雖然「模擬婚禮」需要的東西「左」會全數幫忙，但需要什麼樣的東西是必須事前申請的。

要找哪個飯店舉辦？要準備怎樣的餐點？當天要穿的服裝和流程是什麼？婚禮進行雖只要一天，但一般準備婚禮可是要耗上好幾個月。

「所以，海溫才拜託奈唯亞請兩位幫忙。」

我一一說出希望他們幫的部分。

左櫻和白鳴鏡本就是十分優秀的人，馬上就做好了分工。

「謝謝，這樣大概就沒問題了。」

過了半個小時後，我們的討論告了一段落。

希望明天的婚禮一切順利。

「奈唯亞。」

左櫻盯著我的臉，有些擔心地問道：

「妳確定妳沒事嗎？」

「嗯？為什麼突然這麼問？」

「妳的未婚夫兼青梅竹馬要跟其他女人結婚，妳的內心都不會有事嗎？」

「啊……這個啊——」

說的謊太多，都快忘記這個設定了。

「沒關係，反正婚姻關係只不過就是契約而已，我們之間的愛是不會被這種事所影響的。」

「原來如此……」

聽到我這麼說，雙眼放光的左櫻連連點頭道：

「重要的不是表面上的關係，而是心中的感情，只要有愛，就算ＮＴＲ、外遇或是橫刀奪愛都是可以被原諒的。」

「……我話的原意是這樣嗎？」

——女人要的不是正確答案，要的是她們想聽到的正確答案。

說出這句話的人真應該得到諾貝爾獎。

總覺得我的話似乎又重燃了左櫻的戀心，讓「海溫是我未婚夫」這個設定變得毫無意義。

「等一下，奈唯亞有未婚夫了？」

白鳴鏡趕緊追問。

對喔……他還不知道這事。

我有事情會變得更加混亂的預感。

「有啊，她的未婚夫名叫海溫。」

不知道事情嚴重性的左櫻，就這樣順口將事實說了出來。

「在外面的世界似乎被人稱作『白色死神』。」

「白色死神！」

白鳴鏡猛然站了起來。

「竟然是白色死神！」

我雙手遮著臉。

完了……

徹底完了……

接著白鳴鏡一定會拚命懇求我，帶他去見白色死神一面，我得先想好見面時究竟該怎麼辦。

「…………………………」

不過，出乎我意料的。

白鳴鏡什麼動作都沒做。

他維持站著的姿勢，一動也不動。

「果然……奈唯亞和白色死神是不同的人啊。」

你在意的點竟然是這個？

「奇怪……這種感受是怎麼回事？」

白鳴鏡手摀著胸口說道：

「總覺得……白色死神的事不管怎麼樣都好了。」

「…………」

「沒錯，對我來說，現在重要的人只有一個。」

看著白鳴鏡那筆直射過來的視線，我心中的感想只有一個。

完了……

徹底完了……

左櫻和白鳴鏡的事先擱在一邊吧。

雖然這會影響「ＬＳ任務」，但因為沒有急迫性，現在只能先擺在一邊。

現在得優先處理左歌的事情。

「我們明天結婚喔。」

放學後，我以海溫的樣子進了502病房。

正在吃晚餐的左歌，筷子就這樣凝結在了半空中。

「左弦小姐，借妳女兒一用。」

畢竟是她母親，我姑且向左弦打了聲招呼。

「慢走，路上小心。」

「順道一提，今天晚上我們不會回來了。」

——咚！

左歌手中的便當盒，就這樣直直落到了地板上。

「唉呀唉呀～～」

左弦一隻手撫著臉，露出了意味深長的笑容說道：

「小女很清純的，沒談過戀愛也沒交過男友，還請不要嫌棄。」

「放心吧，身為男人，我一定會手把手帶領她完成人生大事！」

「你這禽獸是打算對我做什麼！」

被我抓住的左歌拚命掙扎，但這傢伙的力氣也太弱了吧？簡直就跟不存在一樣。

「妳安靜點！有男人願意接受妳，妳就應該要感激涕零才對，妳覺得妳有抱怨的資格嗎？」

「你剛剛的話，就足夠造成我抱怨的理由了吧？」

「歌兒。」

左弦雙手握拳，比了個「加油」的姿勢說道：

「努力製造既定事實，把海溫先生的下半生綁住喔。」

「媽媽妳又在說什麼！」

「左歌。」

我在她耳邊悄聲說道：

「別忘了我們的設定，在妳母親眼中，我們可是明天就要結婚的恩愛情侶耶。」

「嗚……確實……」

「『謝謝海溫大人，不管你說什麼我都會聽從，謝謝你願意出現在我身邊』——快點跟我這麼說。」

「這根本就不是情侶之間會說的臺詞吧！」

「那應該說什麼？」

「明天就是我們重要的日子了，我好期待——」

發現不對勁的左歌說到一半停了下來，我和左弦正用似笑非笑的表情看著她。

「你們兩個根本是合力在捉弄我吧！」

「歌兒。」

左弦手遮著嘴不斷輕笑，像是心情很好似地說道：

「好期待明天呢。」

「……」

「我一直夢想能看到自己女兒披上婚紗的模樣。」

長長的白髮微微晃動，左弦露出微笑說道：

「謝謝妳願意為我實現這個夢想。」

出了醫院後，天色已經暗了下來。

「因為婚禮大幅提早的關係，我們必須在今晚搞定許多事。」

雖然有許多事已經拜託左櫻和白鳴鏡做了，但有些事是只有我們兩個能完成的。

「比方說拍婚紗照、決定婚禮流程、決定明天要穿的禮服樣式等——」

「等一下！等一下！」

左歌伸出雙手阻止我說道：

「我到現在都還沒搞清楚狀況，為什麼婚禮變明天了？」

「時間很趕，總之妳跟好我就是了。」

——啪嚓！

我以熟練的動作，將路邊停著的車窗打破，並用解鎖技術發動了車。

「來！上車吧，我帶妳去拍婚紗照。」

「……用偷來的車載未婚妻去拍婚紗照？即使是假的，但還真是不想嫁給這種人啊。」

「不是說為了媽媽，不管什麼事都願意忍耐嗎？」

我語帶挑釁地說道：

「怎麼了？怕了嗎？」

「誰怕誰啊！」

輕易上鉤的左歌爬上了車說道：

「不管去天涯海角，我都跟定你了！」

「……………………」

左歌看著眼前的建築物，一動也不動。

「怎麼了？不是都說沒時間了嗎？怎麼還不快點進來。」

「那個……這裡不是『那個』嗎？」

「嗯？有什麼問題？」

「問題多著了吧！」

左歌指著招牌說道：

「首先我想問的是，這棟建築物的名字為何會是『總之給我生就對了』。」

「因為它是汽車旅館啊。」

「你說了！你把我一直不想相信的答案說出來了！」

左歌雙手交叉護在自己胸前。

「我就知道，你覬覦我的身體很久了！」

「表妹，妳即使不相信我，也要相信自己啊。」

「相信自己身體內潛藏著遇到危機就會覺醒的力量？」

「不，是相信自己的魅力。」

「嗯？」

「即使進到汽車旅館，這種感覺就像是做那種事的地方，也不會有人想對妳下手的，這就是表妹的魅力所在。」

「嗯？嗯？這算是魅力嗎？」

趁著左歌腦袋當機時，我將她扛在肩上，強行帶進了房間中。

最近的汽車旅館越做越好，這間又是特別高級的那種。

房間內的布景非常豪華，房間正中央有著噴水池，浴室又大得像是小型游泳池，還附有三溫暖和蒸汽浴。

「嗚哇～～」

可能是第一次進來這種地方吧，左歌雙眼放光說道：

「好漂亮喔。」

「畢竟是一晚就要幾十萬的汽車旅館，果然裝潢和布置都毫不馬虎，品味不錯。」

「不……旅館名長那樣，裡面再努力都沒有用吧。」

「總之時間不多了，我們趕緊辦正事吧。」

——喀嚓。

「你為什麼要鎖門！」

「當然是為了防止表姊跑出去啊。」

「你、你你你到底是想做什麼？」

害怕的左歌瞬間找到牆角縮了起來。

「就說我沒有什麼別的意思了，表姊妳安心點。」

「……真的嗎？」

「當然是真的——啊，麻煩妳將手機和錢包全都交出來。」

「…………」

「衣服全脫掉，能的話最好先去洗個澡。」

「……」

「做好覺悟吧，今天就要讓妳改頭換面，成為真正的女人。」

「…………………」

左歌不知為何已經一動也不動了。

真是麻煩啊，實在不想浪費本來就已經不多的時間。

雖然這種做法跟劉沙一樣，但本來我就不是什麼好人，也不用顧忌什麼。

「不是為了媽媽，什麼都願意做嗎？」

既然有能讓她乖乖聽話的魔法句子，那還是使用好了。

左櫻咬了咬下嘴脣，輕輕點了點頭後走進浴室。

「嗯，果然如我所料。」

趁著左歌入浴的時候，我詳細檢查了她身上的衣物和手機，結果發現了竊聽器跟定位程式。

我就料到劉沙為了掌握左弦現在的狀況，一定會耍弄些小手段的。

看來左歌和左弦的對談及各項資訊，都透過這些東西流了出去。

「勸你最好就此收手比較好。」

我對著竊聽器說道：

「這是最後警告。」

說完後，我「啪」的一聲將這些東西全都捏碎。

那麼，接著劉沙會怎麼做呢？

是會就此知難而退，還是——

——叮咚！

門外傳來的門鈴聲，打斷了我的思考。

「歡迎。」

我打開門，將各領域的專業人士迎了進來。

透過白鳴鏡的介紹，優秀的美容師、髮型師、化妝師、攝影師、專業主持人魚貫而入。

但這還不是全部。

「海溫先生，你要的東西都在這邊，請問要哪一個——」

「都搬進來吧，我全買了。」

大量的禮服和珠寶被搬了進來，這些全都是透過左櫻的人脈介紹的精品。

既然「左」會負擔全額，那我就不客氣了。

如果左獨想透過情人節活動挖掘我的內心，那我也得讓她付出相應的代價才行。

閃閃發光的珍貴首飾，讓那些已進來的專業人士嘖嘖稱奇、讚嘆不已。

並不是為了惡整左歌才特地挑汽車旅館的。

而是在時間緊迫的關係下，只有這邊才符合我的需求。

足以容納大量人士和服裝的廣闊空間、完善且多樣的沐浴設備，房間內的優秀造景也能當作拍照使用。

現在是晚上八點。

只要左歌好好配合，我們就能在兩個小時內搞定這一切。

婚禮是明天中午，把車程和準備時間扣掉，我們還能在旅館待約莫十二個小時，這段期間，我有更重要的事要左歌做。

不過話又說回來，她洗澡也洗太久了，都已經快一小時了。雖然聽說女人洗澡都很久，但這也太久了吧，該不會是在裡頭睡著或是出了什麼意外？

就在我猶豫要不要衝進去看時——

「我我我我我做好覺悟了了了了了了——！」

全身上下僅裹著一條圍巾，緊閉雙眼的左歌從浴室衝了出來。

「總之，你要做什麼都隨便你啊啊啊啊啊啊——」

完全沒注意到房間內是什麼狀況的左歌，就這樣氣勢驚人的雙手一拉，向眾人展現她那一絲不掛的胴體。

房間內的所有人都雙眼圓睜地緊盯著她。

「……………………………………………嗯？」

過了許久後，發現房間中異常沉默的左歌微微張開了眼。

「嗯？咦？欸？」

當終於意識到是什麼狀況後，左歌就像是煮熟的章魚，全身上下瞬間染上一層淡紅。

「嗚啊啊啊啊啊啊啊啊啊啊啊啊啊———！」

淒厲的慘叫聲，震撼了整棟汽車旅館。

在那地獄般的情景過後兩個小時。

「嗚、嗚……」

趴在床上的左歌以面無表情的狀態不斷低聲嗚咽。

「嗚、嗚、嗚、嗚嗚嗚嗚嗚———」

「我說啊，也不用這麼難過吧。」

剛剛兩個小時，她都是這種放棄人生的狀態，我差不多也開始嫌煩了。

「只不過是一臉自信地將裸體展現給不認識的人看而已，這對痴女設定的表姊來說也不算什麼奇怪的事了。」

「誰是痴女了！」

左歌抬起頭來抗議說道：

「還不都是你讓我誤會！虧我還在浴室裡做了、做了這麼多心理建設。」

「會誤會就是妳的想法太色情了，這不是痴女是什麼。」

「我、我明明什麼經驗都沒有，卻在眾人面前出這種醜，嗚嗚……我嫁不出去了。」

「一個明天就要結婚的人在說什麼啊。」

我繼續出言安慰道：

「而且妳看那些人有多麼專業，即使看到髒東西，還是好好的幫妳上精油和做好全身美容，都沒有在工作的途中笑場耶，要是我的話一定會忍不住——」

「你真的有想要安慰我的意思嗎！」

「表姊在讓人失望方面，從未讓人失望，所以希望妳能為此感到自豪。」

「…………」

雖然心理受到了創傷，但左歌在經過專家各項調教後，已經完全變了一個人。

不但皮膚水靈水靈的，頭髮也泛起了一層柔亮的光澤。

「現在是晚上十點，距離離開這間旅館還有十二小時。」

我扳了扳手指，權當熱身。

「該開始今晚的正事了。」

「終於輪到拍婚紗了嗎？」

「不，趁剛剛表姊在做美容時，我已經拍完了。」

我將拍好的照片拿給左歌看。

「我先是扮演成妳後，拍下穿婚紗的照片，接著再拍自己，把兩人用ＰＳ軟體合在一起。」

「……用一個人拍好兩人合照？」

「拍婚紗不就是要呈現兩個人最好的一面嗎？」

我指著自己說道：

「我有自信我扮演的左歌，比原本的表姊還可愛。」

「我人生中第一次的婚紗照，不但在汽車旅館拍，裡頭的人甚至還不是我嗎……」

不知為何，左歌的眼神又開始放空，望向遠處。

不過這種狀態對我來說剛剛好。

我點起精油坐在左歌身旁，開始按捏她的肩膀。

「……你在做什麼？」

「看不出來嗎？當然是在幫妳按摩。」

「不是一直嚷著時間不夠嗎？現在不是做這種事的時候了吧？」

「這就是『正事』喔。」

我用適度的力道按壓著她的穴道，讓她一瞬間發出了「嗚啊」的舒服聲音。

「所謂的『正事』，就是讓妳好好休息。」

「…………」

「婚禮的事前準備固然重要，但是真正重要的事物，是妳這個新娘子。」

多日的折磨在左歌身上刻下了痕跡。

就算經由專業人士幫忙，她的眼睛下方還是有著深深的眼袋和黑眼圈，整個人的氣色也十分不好。

「所以，今晚請好好休養。」

「……真不像你。」

一邊享受我的全身按摩，左歌一邊說了之前跟我說過的話。

「會說這種話，真不像你。」

「是嗎？」

會被左歌這麼說，代表我或許真的有所改變了吧。

不，我早就不同了。

只是無圓缺讓我察覺了這件事而已。

「……奈唯亞。」

雖然我是海溫的打扮，但左歌還是用她習慣的名字稱呼我。

「我是不是很傻？」

「是啊。」

「我是不是很笨？」

「是啊。」

「我是不是……無法讓媽媽幸福呢？」

「……………………」

因為左歌的臉朝著床的關係，我看不到她的表情。

但這是不是第一次呢？

她毫不保留地展現她脆弱的模樣。

「從前從前——

我像是講著睡前故事一般不斷說著。

「有一個傳說中的存在，他的任務成功率是百分之百。

「靠著自私無比的行為，他一路闖關到了今天，他無法理解，為何有人能為他人無償付出。

「此時，他遇到了一個女孩子。

「這個人的能力和他天差地遠，不管是興趣還是行事作風都大相逕庭，但是很奇怪的，他卻從她身上感受到了一股同類的氣息。

「在仔細的觀察後，他發現了原因。

「他們都深知自己的不足，然後拚了命地守住自己唯一的驕傲。

「對那女孩子來說，將接到的工作拚命完成，是她不讓自己被自卑打敗的方式。

「對那男孩子來說，保護自己和任務對象，是他不讓自己徹底墮落成惡人的方法。

「而且，奇異的是，儘管如此辛苦，他們都只渴望日常中拿得到的簡單幸福。

「他們都因吃到美味的東西而開心，都會沉迷於喜愛的事物中而不可自拔，也會因為一整天都無所事事而感到幸福。

「但是，他們之間還是有著決定性的不同。

「那個女孩子會為他人無償付出，這是男孩子所不能接受的行為。

「直到現在，男孩子還是覺得女孩子的行為很蠢，根本是個錯誤。

「但儘管不能了解——

「男孩子還是有些尊敬會這麼做的女孩子。」

「…………」

左歌的背微微顫抖。

「除了自己之外，我從未為一個人如此拚命過。」

我輕輕拍了拍左歌的頭。

「妳確實很笨，也確實很傻。

「但對我來說，表姊就是這樣才好。」

「……………………………………嗯。」

左歌輕輕點了點頭，不再言語。

按摩持續進行，左歌很快地就昏昏欲睡。

「奈唯亞……我知道你原本今晚打算陪著我。」

在即將入睡時，左歌開口說道：

「但是今晚……你能讓我一個人待著嗎？」

「是沒關係，但妳一個人會好好休息嗎？」

「我會的……明天請你直接到結婚會場等我。」

「嗯。」

「我有禮物……想送你……」

說完謎一般的話後，左歌沉沉睡去。

她的睡臉非常安穩，就像是經歷了漫長的時光，終於能好好睡一覺一般。

「果然，你還是沒有放棄啊。」

走到汽車旅館外的我，看見了劉沙從遠處走來。

「左歌呢？」

「她在裡頭休息呢，不管是誰都別想打擾她。」

「真是愚蠢啊，本以為你和我一樣是個聰明人的。」

劉沙深深嘆了口氣說道：

「竟然選擇了站在左歌那種人身邊，真是一點判斷能力都沒有。」

「我倒覺得真正愚蠢的人是你。」

我毫不掩飾地釋放身上的殺氣說道：

「竟然連什麼人能惹，什麼人不能惹都看不出來。」

被我的殺氣一震，劉沙不自覺地退了幾步。

「哈、哈哈……」

他乾笑幾聲掩飾尷尬說道：

「做我們這行的，要是被嚇一嚇就縮手，那還怎麼賺錢呢？」

真是個自尋死路的傢伙。

要是左弦這個護身符消失，他能從左獨、左櫻或是白鳴鏡的手中逃跑嗎？

這可是連我都不一定能做到的事啊。

「你是不是在想左弦死後再好好教訓我呢？」

劉沙「嘿嘿」笑了幾聲後說道：

「別忘了我可是她老公啊，我以前可是暗中收集了她不少不雅照當作保險，要是沒有定期輸入密碼，那這些照片就會散布到網路上去了。」

真想現在就將他殺了。

但我還是握緊拳頭，硬生生地忍耐了下來。

所謂的真正之惡，或許就是這樣子的人。

沒有任何目標或是想法，只是單純為了自己的利益而行動。
這是連白色死神都無法徹底鏟除——隨處可見的惡。
「既然你不願意幫我，那我只好從你那邊收點精神補償費了。」
劉沙向我伸手道：
「要是明天的婚禮，還要我繼續扮演一個完美的父親，就現在拿個一百萬給我。」
「……我明白了。」
我裝作很不情願地用手機操作，將款項匯到他指定的帳戶。
「不錯不錯！不只左歌是個蠢才，就連她挑選的對象都是白痴呢。」
得意的劉沙哈哈大笑，揮了揮手轉身離開。
等到劉沙離開後，我仰頭看向天空。
「真是的，這還算是白色死神嗎？」
竟然將自己的錢無條件送給別人。
我輕聲嘆了口氣。
「明明損失了一百萬，但這是為何呢？」
心情一點都不差，甚至有種舒暢的感覺。
我伸了伸懶腰，向著我和左歌的住處前行。
雖然最困難的部分已經過了，但還是有許多事必須處理，今晚大概不能睡了。
「雖然只是假的，但沒想到我也有結婚的一天。」

──「你可以有珍惜的人，也可以成為英雄，你當然也能帶給他人幸福。」

我伸手入懷，掏出無圓缺送我的圍巾。

一直以來，我都渴望平靜的生活，會接下「ＬＳ任務」也是如此。

但是，或許在成為「白色死神」的那刻，這樣的夢想就已經不可能實現了。

不管多希望成為英雄，都不能忘記我是個惡人。

遲早會有像是類似「無名」的存在找上門，左獨也必定會找機會利用我。

「所以，至少在明天的婚禮中──」

讓我跟個普通人一樣，作著平凡無奇的夢吧。

第八章 要是連結婚都不會，當個隨扈可是活不下去的

剩餘報酬：80億

「哈哈哈——小夥子，這還真是有趣啊。」

代老拍著我的背笑道：

「竟然選在這個地方辦婚禮，真是讓老夫開了眼界，果然活得久還是有好事的啊。」

「代老過獎了，這也是為了左弦。」

這次的婚禮會場並不是在高級飯店。

而是在五色醫院。

在左獨的安排下，整層五樓被我們包了下來，還做了許多造景和布置，將這裡變得像是教堂一般，至於原本在裡頭的病人則暫時移至了別的地方。

以大廳的椅子權當來賓的座位，至於用餐的部分就只能用BUFFET的自助餐方式，請大家自行取用。

代老帶了一大群穿著黑西裝的流氓到了現場，這些小弟在他身後排成了整齊的方陣，讓醫院正在工作的醫生和護士望而生怯。

「來來來，小夥子，這是給你們的禮金。」
代老從懷中掏出一包沉甸甸的紅包。
「感謝左櫻大小姐邀請老夫來。」
「不不──代老。」
為了不讓一旁的左弦聽到，我趕緊低聲婉拒道：
「這只是『模擬婚禮』，並不需要連禮金的部分都重現。」
我雖然喜歡錢，但是收下代老這種人的紅包，不知道之後要怎麼還這筆債。
「放心吧，這只是心意，之後絕對不會趁著這份情要求你們做些什麼。」
代老硬是將錢塞到我的手中。
「只是想交個朋友，你就收下吧。」
既然他都說到這種地步了，那我也只能收下了。
「來來！各位小夥子！今天放開肚皮吃！老夫已經交了過路費了！」
在代老的一聲令下後，一群黑西裝的流氓開始毫不客氣地吃起東西。
但不知是不是事前有特別叮囑過，所有人的動作都十分有禮和節制。
「真是熱鬧啊。」
坐在輪椅上的左弦看著這個景象，微笑道：
「真該感謝左櫻大小姐這麼用心，還特地邀請這些人來。」
「是啊。」

看到左弦從病房中出來，我趕緊跑過去接下輪椅。

她現在的身體狀況似乎連走路都有些困難了，只能坐著輪椅行動。

「左歌還真是找了個好歸宿呢。」

「畢竟是妳的女兒，眼光好也是應該的。」

「眼光是嗎……」

左弦以似笑非笑的眼神看著我說道：

「是啊，跟她母親不同，她確實眼光不錯。」

怎麼了？總覺得她似乎話中有話。

不過這人是左獨的專屬女僕，若是知道我的真實身分或許也不意外。

「你好。」

此時，一個熟諳的聲音來到我和左弦的面前。

「想必閣下就是傳說中的存在吧！久仰大名！」

突然出現的白鳴鏡，頭深深地低了下來，身子因為鞠躬彎成了九十度。

「我一直渴望能見你一面，直至今日終於完成了夢想。」

「果然來了啊……」

「果然？看來海溫先生還記得我啊，這是我的榮幸。」

彎著腰的白鳴鏡向我伸出了手說道：

「希望之後還有機會跟你見面，我有很多事想要跟你討教。」

「我聽奈唯亞說過，你似乎一直在找我？」

「是的！」

白鳴鏡立正站好，再度低下頭說道：

「我想答謝你的救命之恩，要不是你那時救了我，我不會有之後這麼幸福的人生——

「我就不會遇到奈唯亞了！」

「……………………」

「雖然很感謝你，但這和自己的心情是兩回事。」

抬起頭來的白鳴鏡，對我露出燦爛的笑容說道：

「我不會把奈唯亞讓給你的。」

完了。

認真的人好可怕。

竟然還特地跑來跟情敵宣戰。

殊不知他眼中的情敵跟情人是同一人。

看到白鳴鏡眼中那燃燒的熊熊鬥志，我除了苦笑之外做不出其他表情。

「呵呵……」

彷彿看穿一切的左弦在旁掩嘴不斷偷笑。

「這位同學叫白鳴鏡吧，我也常聽歌兒提起你。」

「左弦小姐好，平常總是受左歌照顧了。」

「既然來了，就好好把這場婚禮看在眼中吧，若是海溫先生連舉辦一場讓歌兒滿意的婚禮都做不到，那你就把奈唯亞給搶過來。」

「沒問題！就交給我吧！」

我說啊，左弦妳就別再火上加油了。

看來她的本性其實是個愛惡作劇的人。

「話說回來，怎麼沒看到左櫻大小姐？」

「她一早就被左歌叫走了，似乎是有事想請她幫忙。」

「喔喔……幫忙是嗎？原來如此，確實是挺需要的。」

左弦連連點頭，光聽這樣的說明就懂了？我可是完全摸不著頭腦。

「不過別擔心，左櫻大小姐在婚禮前會到的，這段期間就由我們兄弟撐住場面吧！」

白鳴鏡揮了揮手，讓外頭別著「左」的徽章的「親衛隊」，和二年異班的同學全數進來。

「拜託大家了，讓場面更加熱鬧一點吧！」

參加婚禮的人再度增加，就連廣大的醫院大廳都要容納不下了。

我環顧四周，雖然班上同學幾乎全數到齊，但無圓缺果然沒有到。

那傢伙似乎真的如她所說，要貫徹孤獨一匹狼的處世方針。

「讓人回想起以往婚禮的時光呢。」

看著眼前的情景，左弦輕聲說道：

「真是懷念。」

「與前夫那時的嗎？」

「不，因為我很早就懷了歌兒，所以那時沒舉辦婚禮。」

那就是和劉沙那時了。

「左弦小姐的婚禮，是怎麼樣的光景呢？」

「我本來就沒有家人，因為是再婚的關係，其實沒有多少人來參加我的婚禮，場面可以說十分冷清。」

「嗯……」

「海溫先生，我認為婚禮就是一場總結——總結你這個人目前為止的人生。」

左弦指著眼前的場景說道：

「所以，看到這麼多人前來祝賀左歌，我感到很開心。」

「左弦小姐開心就好，某方面來說，這場婚禮也是為妳主辦的。」

「不……」

左弦搖頭說道：

「不管左歌是怎麼想的，這場婚禮的主角都是她。」

可惜的是，這不過是一場模擬婚禮。

因為已經事前打過招呼，在場的人，除了左弦外都知道此事。

「海溫先生，有歌兒這樣的家人，我感到很驕傲。」

左弦微微握緊輪椅的扶手說道：

「但要是我走了，她在這世上就是真正的孤身一人了。」

「左弦小姐會好起來的，妳的『二重身』不也是這麼說的嗎？妳離死期還遠得很。」

「我早就知道『二重身』是誰了，她真是個傻孩子，對吧？」

「嗯……」

「但是，就算知道那是怎麼回事，當我看到『自己』時，我突然有了一個想法——

「我好想活下去。」

「…………」

「那就是一面鏡子，將我的真實模樣映照出來，我的『二重身』滿臉都是希望我活下去的表情，看著那副模樣，讓我也不禁起了同樣的欲望。」

太好了，左歌。

妳的努力並非白費。

儘管是沒有意義的行為，但妳仍將想要母親活下去的心意傳達過去了。

「我想活下去……」

左弦緊緊握著輪椅的扶手，以幾乎聽不到的聲音低聲說道：

「真的……好想活下去啊……」

「再給我五十萬。」

再過一個小時，模擬婚禮就要開始了。

劉沙突然現身在結婚會場，然後湊在我耳邊，悄聲對我這麼說道。

「……我已經沒有錢了。」

我裝作很為難的樣子。

要是被這種人看穿你的財產有多少，他就會無止盡地將你最後一分錢搾乾。

「錢這種東西，只要去借就行了。」

劉沙指了指代老說道：

「不管多少錢，我相信那個老人都會答應喔。」

「……」

「要是不給我錢，待會婚禮我可能會一不小心做出什麼來刺激左弦喔。」

「我明白了。」

我走到代老身邊，做出假裝和他借錢的模樣，然後再走回劉沙身邊。

「很好，五十萬收到了。」

看了看手機帳戶的劉沙推了推黑框眼鏡，露出滿足的笑容說道：

「就如你們所願扮演一個完美父親吧，我畢竟還是挺擅長演戲的。」

這傢伙。

掌握他人弱點後，就像是吸血蟲一般緊緊攀附在你身上。

不是沒在裡世界看過這種人，但是我通常都不把這種人放在眼裡，畢竟完全不會造成我任何的威脅。

不過事到如今我瞭解了。

只要有了珍愛的人，這種類型的惡人反而比誰都還麻煩。

「你也只有現在能得意了。」

我拜託左獨將所有進出島的出入口都進行了嚴格的把關。

劉沙是不可能逃走的。

只要事情告一段落，我們就來好好料理他。

「謝謝大家今天來參加小女的婚禮。」

不過不幸中的大幸是，劉沙收了錢後，至少會完成原本的諾言。

只見他到處跟賓客打招呼，讓會場的氣氛更加熱絡。

坐在輪椅中的左弦看著這一切，臉上帶著一絲淺笑。

我有時在想，她到底知道多少事情呢？

但某方面來說，她跟左歌很類似，總是把重要的事情往心裡吞，表面上則完全不動聲色。

大概是因為女僕這職業本身就很壓抑吧。

「咦？」

突然地，左弦面露驚訝之色。

本來吵鬧的會場也在這時安靜了下來。

所有人都望向門口，只見一個威嚴的中年男子走了進來，胸前別著閃亮的「左」之家徽。

「左獨當家……」

左弦雙手摀著臉，不可置信地說道：

「沒想到……他竟然會來。」

過於激動的左弦身子微微一晃，我趕緊扶住她。

「左弦小姐，冷靜一點。」

「嗯、嗯，我知道……我只是太開心了。」

——喀、喀。

堅硬的皮鞋聲在地板上迴響著。

就像海浪一般，左獨所到之處，所有親衛隊都低下頭。

至於「代」和二年異班的同學則大氣都不敢喘一聲。

他們有這反應也是當然的。

即使是代理左獨，除了大型活動外，也鮮少出現在人面前。

更別提是來參加這種在醫院的小婚禮了。

他就是如此偉大的人物。

但緊接著，代理左獨做出了更讓大家吃驚的舉動。

「左弦小姐。」

代理左獨走到左弦面前，一個擺手低頭說道：

「今天是大喜之日，特地來此為妳獻上『左獨』的祝福。」

「嗯、嗯……」

眼眶中含著淚的左弦除了點頭外，已經說不出任何話了。

「還望妳保重身體，不要過於激動了。」

「謝謝你來……」

左弦握住他的手低聲說道：

「我從沒想過能收到『左獨』的祝福……」

「要是妳開心，特地來此也值得了。」

表面上是平凡無奇的對話。

但是在知道內情的我聽來，深知其中隱藏的含意。

看來我之前的推測沒錯，左獨確實將左弦視為重要無比的事物。

「嗯？」

感受到某種肅殺的氣息，我向四周察看。

只見各個出入口都站了親衛隊的人，就連窗戶都沒放過。

「這麼快就注意到了嗎？白色死神的傳說果然是真的。」

代理左獨走過我身邊，以只有我能聽到的聲音說道：

「這是『左獨』之令，婚禮一結束，我會將左弦帶離現場，那時你就動手。」

「收到。」

「不要給劉沙任何逃跑和操作手機的機會，這對你來說應該很簡單吧？」

「交給我吧。」

之所以一直不敢對劉沙下手，是因為顧忌左弦的心情。

但是在婚禮結束後，隨便編造個理由都能讓劉沙的消失變得合情合理。

而且在婚禮會場中，可以不著痕跡地安插自己的人手，讓劉沙完全沒有掙扎的機會。

「我就說了，你惹到不該惹的人了。」

什麼都沒發覺的劉沙還滿面春風地跑來向代理左獨打招呼，不知道之後等著他的會是比地獄還殘酷的情景。

「海溫先生。」

左弦輕輕拉了拉我的衣袖，將我從思緒拉回了現實中。

「是時候該注意前方了。」

「嗯？」

「要是錯過，你會後悔喔。」

順著左弦的手指，我看向入口處。

所有人都望向門口，臉露驚訝之色。

剛剛代理左獨進來時，大家僅是變得安靜。

但現在，只能用寂靜來形容了。

所有聲音都被走進門來的人所吸走，絲毫不留。

「嗯？」

奇怪？發生什麼事了？

繼代理左獨之後，還有人能讓大家吃驚嗎？

我緩緩轉頭過去——

「……………………」

然後就連我都因為震驚而陷入說不出話的窘態中。

「怎麼樣……？」

頭戴著足以看到淺笑的薄白紗，身上穿著露出整個肩膀和背部的白禮服，以及有著音符蕾絲的長裙，腳下則是淺藍色的水晶高跟鞋。

「……適合我嗎？」

化著淡妝，美麗得就像另一個人似的左歌有些害羞地向我問道：

「這身打扮……適合我嗎？」

喪失語言能力的我，只能反射性地點了點頭。

「太好了……」

安心下來的左歌輕拍胸膛說道：

「看來，禮物確實送到了。」

——**「我有禮物……想送你……」**

「……妳該不會就是為了這個，所以昨天晚上才請我讓妳獨處的吧？」

「是啊。」

左櫻從左歌身後探頭出來，代替她開口回答我。

「要是打扮過程被海溫先生看到，那就沒驚喜了。」

可能是因為左歌進來時的情景太讓人震撼，我竟連左櫻跟著進來這事都沒察覺。

「她為了讓海溫先生吃驚，可是照了不知幾百次鏡子呢，一直問我看起來怎麼樣。」

「大小姐！不是說好不說的嗎！」

「因為我很高興啊，這似乎是左歌第一次向我求助呢，看來妳是真的很想讓海溫先生開心呢。」

左櫻拉起左歌的婚紗裙襬說道：

「那個可愛的樣子，連我看了都有些心動。」

「大小姐算我求妳，不要再說了！」

左歌驚慌地摀住左櫻的嘴。

「啊，這種沒用的樣子……」

我拍了拍胸口，鬆了口氣說道：

「果然是左歌沒錯。」

「為什麼是挑這個時候安心！」

原來光是服裝和打扮，就能讓一個人變得完全不同。

雖然很不想承認，但剛剛面對這樣的左歌，我似乎真的心跳加速了一些。

「這就是我們一同努力的結果，化妝、挑選禮服和首飾都是我們兩個一起完成的喔。」

左櫻將扭捏的左歌拉到我面前問道：

「海溫先生，你不覺得面對這麼用心的左歌，你應該說些什麼嗎？」

是啊，要是連面對這樣的女孩都不說點什麼，做為男人也太失格了。

「左歌。」

我面對眼前的左歌，認真說道：

「禮服很適合妳，妳很漂亮喔。」

——噗咻！

我彷彿聽到了左歌頭上發出了冒煙的音效。

雖然表情沒變，但她的臉紅得連妝都遮掩不了。

「太好了。」

左櫻在旁暗中做了一個勝利手勢，低聲說道：

「『讓左歌和海溫在一起，使奈唯亞沒有未婚夫』的作戰，感覺很順利啊。」

結果妳的思維方式跟白鳴鏡一樣啊！

是不是愛上他人後，智商就會自然而然下降啊？

「既然大家都到齊了。」

左弦再度拉了拉我的袖子說道：

「婚禮也差不多要開始了吧？」

「好的。」

我趕緊招呼大家就定位。

但就在此時，我的眼角餘光看到了一抹紅色。

發現不對勁的我，趕緊回頭再仔細看了一眼，結果發現左弦的手掌上滿是鮮血，而她就這樣將手藏在身後，裝作沒事的樣子。

「左歌——」

我本來開口想要跟左歌說這個情況，但張嘴到一半就停了下來。

就算說了又怎麼樣？

馬上將左弦推進加護病房，然後中止這場婚禮嗎？

這是左歌和左弦想要的嗎？

可是……

要是左弦在這場婚禮中有了什麼意外，反而會讓左歌留下不可抹滅的心理創傷吧？

「……………」

明明知道正確解答，卻完全沒辦法行動。

不安感再度襲來。

當自己不再是白色死神，這樣下去真的是一件好事嗎？

在種種狀況沒有解決的情況下，結婚進行曲響徹了整間醫院。

所有來賓都坐了下來，只剩我一人獨自站在最前方。

我有些不安地看著坐在第一排中央的左弦，她與我目光相接後，還做了個小小的加油手勢。

那有活力的動作和表情，幾乎要讓我以為我剛看到的情景僅是我的錯覺。

但是我沒看錯，即使擦掉了，她手上還是飄來淡淡的血腥味道。

時間已經所剩不多了，左弦隨時有可能喪命。

不知為何，總覺得婚禮的流程變得異常緩慢。

隨著如雷的鼓掌聲，劉沙牽著左歌走了進來，將她交到我的手中。

「之後就麻煩你代替我，給我最愛的女兒幸福了。」

劉沙一邊拭淚一邊這麼說著編出來的溫情，讓底下的賓客聽了感動不已。

這人不愧是專業的愛情騙子，演起戲來渾然天成，完全察覺不出異樣。

但要是深知他本性的人，就會覺得這反差實在是噁心極了。

「我沒關係的。」

可能是怕我一時忍不住動起手來，左歌稍稍握緊了我的手，低聲說道：

「至今為止都一直忍過來了，我沒有關係的。」

「嗯……」

在劉沙將左歌交給我後，我們手牽著手一同面對前方。

充當牧師的人是代理左獨。

「左歌，恭喜你。」

一開始是宣誓環節，代理左獨首先向左歌提出了問題。

「左歌，妳願意獻上一生，讓海溫先生幸福嗎？」

「……」

「無論是生病還是健康，妳能發誓都會和他在一起嗎？」

「……………」

「妳願意從今以後都為對方著想，一起組建幸福又快樂的家庭，永遠對他不離不棄嗎？」

「……………………………」

不管是哪個問題，左歌都沒有回答。

——這只是場戲，不用思考得這麼認真。

我細聲跟左歌說道，但她依舊沒有理會我。

結婚典禮突然停滯了。

面臨這樣的異狀，會場的賓客都十分不解，起了小小的騷動。

這個笨蛋，到底在想什麼啊？

——咳咳。

此時，一聲輕咳響起。

我的眼角餘光，看到左弦又咳出了一口血。

「左歌，妳到底怎麼了。」

有些焦急的我忍不住說道：

「是太緊張了嗎？」

「不是……」

左歌搖了搖頭。

「我知道現在不該想這個，但媽媽是不是以前也曾辦過這樣的婚禮？」

「這不是當然的嗎？」

「劉沙是不是也許過這樣的誓言呢？」

「這是當然的，妳為什麼要問這種理所當然的問題？」

「那為什麼、為什麼——

「劉沙完全沒有遵守他的承諾呢？」

左歌抬起頭來，總是面無表情的她，此時的表情即將崩潰。

「為什麼他沒有讓媽媽幸福，也沒有陪在她身邊，甚至連為她稍微想一想都沒做到呢？」

因為左弦的狀況比較嚴重，使得我不知不覺間將注意力放在她身上。

但其實真正面臨危機的人是左歌。

可以忍耐，不代表心理的壓力已經消化。

被現下的情境所觸動，使得她心中累積的懊悔一口氣湧了出來。

——為什麼媽媽非得如此不幸？

——為什麼我什麼事都無法為媽媽做？

——為什麼讓我們如此痛苦，而劉沙卻能毫無罪惡感地在那邊笑著？

相信此時左歌的心中，一定滿是這些想法吧。
拚命用蓋子壓住那些黑暗且汙濁的壓力，然後不斷地壓縮——再度壓縮。
那麼最後的結果當然就是裝著這些的容器崩壞、破裂。
現在的左歌，離崩潰只剩短短的一步之遙。
——不行了。
現在的她，靠著長期以來做著女僕的壓抑，勉強維持住了表情和動作。
但要是真的讓她走到最後一步，天知道她會做出怎樣的行為。
直接撲上去痛揍劉沙一頓也是可能的。
要是真的演變成這樣的情景，那左弦一定會受到遠超過她能承受的刺激。
「中止這場婚禮——」
當我話說到一半時，我注意到了異狀。
某種紙張散開的聲音從天空響起！
在所有人都將目光擺在面前的我和左歌時，有人趁機做了什麼。
大量的照片從天空中緩緩飄下。
「這是……？」
我那優異的動態視力，捕捉到了照片的內容是什麼。
——那是無數的裸女。
照片中一絲不掛的人，正是年輕時的左弦。

——「別忘了我可是她老公啊，我以前可是暗中收集了她不少不雅照當作保險。」

「別讓其他人看到那東西！」

我趕緊大聲喊道。

「快把那些東西全都搶下來！」

但不是所有人都像我反應那麼快。

除了左櫻和白鳴鏡外，多數的親衛隊都沒反應過來。

如雪花般的照片從空中落下，其中一張就這麼落在了左弦的膝上。

「這是……？」

不可置信的她雙眼圓睜，手握著照片的手不斷顫抖——

「噗——！」

大量的血從她口中嘔出，鼻孔中也流出了鮮血。

「快帶左弦去急診室！」

但是，已經來不及了。

左弦的身子產生了不自然的細微顫抖，「砰」的一聲倒了下去！

場面一瞬間變得混亂！

到處奔走的人們、努力搶下照片的親衛隊、對著左弦進行ＣＰＲ和急救的醫生和護

士——

以及趁著這波混亂逃走的劉沙。

「那傢伙——！」

果然是靠演戲吃飯的愛情騙子！

他早就察覺場面不對勁了，卻裝作一副沒發覺的樣子。

趁著大家注意力一瞬間不在他身上的剎那，他撤出照片製造混亂。

現在我該怎麼辦？

將照片全數銷毀？轉身抓住劉沙？還是對左弦施救？

「我一直以為……只要忍耐就好了。」

在一片嘈雜的混亂中，一道脆弱的聲音響了起來。

「我一直告訴自己：沒事的、不會有事的、一切就快過去了——」

就像是要催眠自己，左歌不斷對自己這麼說著。

「但是其實什麼都沒改變，我什麼都沒能做到……一切都變得亂七八糟。」

兩道眼淚從左歌眼中滑落。

「為何——

「我連展現幸福的模樣給媽媽看都做不到呢？」

——腦中某種東西「啪」的一聲斷掉！

看著左歌的眼淚，我的眼前突然變得一切空白！
腦袋完全停止運轉的我，只是任憑本能驅使身體。
我幾乎沒有後來發生事情的記憶。
人中生第一次，我無法在事後回想起那時的我做了什麼。
只記得我好像抓住了什麼人，然後拳頭上一直傳來熱燙的衝擊反饋感。
「你本來可以有平穩的人生的！」
我似乎有這麼大喊，但我記不太清楚了。
「你明明可以拿到屬於你的幸福的！你明明做得到的！」
我在說什麼呢？
我是在說給眼前的人聽，還是在說給自己聽呢？
「只要捨棄一點自私，只要多看看一點身邊的人，你明明可以不用走到這步田地的！」
就像跑馬燈一般，過去的情景一幕幕從我腦中出現。
「你之所以會變成這樣！全都是你自己的報應啊！」
「——不要打了！」
左歌的悲鳴聲將我拉回了現實。
「拜託你！不要再打了————！」
等到我回過神來後，看到的是一切都已結束的光景。

被破壞得亂七八糟的婚禮會場、被我壓在身下幾乎已經沒有氣息的劉沙，以及——

因為大受打擊，躺在血泊中的左弦。

她露出不可置信的表情，染血的雙眼緊緊盯著我。

——**「如果你殺了劉沙，讓媽媽有了什麼萬一，我會恨你一輩子。」**

「哈哈……」

周遭看著我的人，眼中都帶著驚懼。

「果然不行啊。」

剛剛的正確舉動，應該是先不動聲色地抓住劉沙，再對左弦急救吸引大家的目光，同時回收那些不雅照。

但是，我卻沒有這麼做。

「原來如此啊……」

二重身——和自己一樣的存在。

直到此刻，我才發覺了一個我不願承認的真相。

——我和劉沙並沒有不同。

他就是我的二重身。

只顧發洩怒氣的我，所做的事跟他並無兩樣。

「左歌……抱歉啊。」

鬆開沾滿鮮血的拳頭，我露出有些悲哀的微笑說道：

「看來，我還是當不成英雄。」

在那之後，所有人都被代理左獨驅離了，偌大的五色醫院中，只剩下我和插著呼吸管的左弦。

過了不知多久，一個人拍了拍我的肩膀。

「雖然結果如此糟糕——」

真正的左獨不知何時現身在我身旁說道：

「但還是感謝你幫我痛揍了劉沙，出了這口惡氣。」

她彎下身子，偷偷從一旁打量我的臉。

「……做什麼？」

「想偷偷看你是不是正在失落。」

「怎麼可能呢。」

我搖了搖手說道：

「我早就知道自己是個無可救藥的人渣了，現在只不過又多殺了一個人，沒必要為此失落吧。」

「即使那人是左歌的母親？」

「……即使是如此，也沒關係。」

要是為此動搖，那我是不可能走到今天的。

「從不為已發生的事後悔，這很有專業人士的風範。」

左獨露出笑容說道：

「但是做為人，這樣實在太過欠缺感情囉。」

「妳是這世上最沒資格指責我的人吧？」

「哈哈……確實。」

左獨有些不好意思地摸著頭說道：

「身為領導者，有時就是得做出一些艱難的決定，要是今天得殺掉左弦才能拯救這座島，我一定會毫不猶豫地下手吧。」

這也是我佩服左獨的地方。

真要說的話，並不是所有事情都會如她所料，而是她即使不擇手段，也要讓事態發展在她掌握之中。

「左當家。」

此時，不知為何，看著站在左弦床前的左獨，我忍不住開口問道：

「妳認為什麼是『真正的惡』呢？」

「你應該早就察覺這個問題的答案了吧？」

轉過身面對我，左獨露出意味深長的笑容說道：

「真正的惡——」

「是『人類的感情』。」

「……」

「生病的父親，哭著央求有著大好未來發展的子女放棄工作照顧他，這是善還是惡？」

「………」

「不想子女離開家的單親母親，不給想要離家自立的孩子生活費，這是善還是惡？」

「…………」

「為了逃避照顧孩子的辛苦，於是每天自願加班，將孩子丟給妻子的丈夫，又是善還是惡呢？」

並沒有誰對誰錯。

只是因為這些彼此糾結綁架的情感，讓事情變得複雜。

劉沙的事也是如此。

只要不顧左歌的意思，從一開始時就殺死劉沙，事態就不會變得如此糟糕。

然而，不願我們這麼做的左歌，你能說她是惡嗎？

即使這世上有真正的英雄，也無法將「真正之惡」鏟除。

因為它生根於人類的情感之間，不僅隨處可見，形態也都不同。

有時，它甚至被稱作是愛。

「還有——」

將手放在左弦的額上，左獨的眼中閃爍著神祕難解的光芒。

「明明知道事態會變成如此，卻什麼都沒做，還期待『一成神醫』能不吝出手相助，這樣的我是善是惡呢？」

「……………………」

「閒聊就到此為止吧，已經快沒時間了。」

左獨愛憐地撫摸著左弦的額頭。

「在身為領導者之前，我只是一個普通女人。」

「……………」

「左弦是孤獨的我唯一好友，為了救她，我會不惜付出任何代價。」

「對我展現弱點，這樣好嗎？」

「反正這弱點也即將要消失了。」

左弦輕嘆了一口氣說道：

「若是跪下能打動『一成神醫』，我想我會毫不猶豫地跪下吧，但我知道他要的並不是這個。」

「『一成神醫』已經死了，不管妳打算給他多少報酬，他都不會出現。」

「但是——『白色死神』不是還在嗎？」

左獨笑著說道：

「只要能賺錢，傳說中的隨扈不是什麼都願意試試看嗎？」

——任務獎勵加上十億元。

「把這當作單純的生意吧，這樣對我們倆都輕鬆些。」

「……妳就不怕她在被我治療後，馬上就死掉嗎？」

什麼都不做，至少還能以彌留狀態活著一兩天。

「如果死掉也沒關係。」

左獨站起身來，幾滴淚水落到了左弦身上：

「到時我會在沒人的地方，好好痛哭一場的。」

我換了身衣服。

明明是沒意義的事，但我還是這麼做了。

——我扮成了奈唯亞。

這次的手術，我不想用白色死神的樣貌。

拿起鋒利的手術刀，抵在了左弦頭上。

但是，時間不斷流逝，我卻遲遲無法有下一步動作。

「……」

我已經多少年沒幫人動過手術了？

雖然曾下過苦功，但後來那些經驗全都轉化成了戰鬥和製造藥品的養分。

我對人類的身體感到陌生，更別提最為精細的大腦。

「就算奇蹟真的發生，讓手術僥倖成功了，也有可能留下很嚴重的後遺症。」

失智、植物人、記憶缺失、肢體功能障礙——

「有可能治好的左弦，會變成完全不同的另一人啊……」

成功率是0.1％，不，甚至更低才對。

「反正錢也收到了，不如就此收手吧？」

要是以前的我真有可能這麼幹。

不過若是沒有任何手術痕跡，之後一定會被左獨追究責任的。

「不對，我根本不用緊張吧？」

失敗是自然的。

不如說期待成功才是件不合理的事。

就算左弦真的因我的手術而死，也不會有任何人怪我的。

「對，就是如此。」

我提起手術刀，就要揮下去——

——「謝謝你至今為止為我和大小姐做的一切。」

「為什麼……這個時候會想起她說的話呢？」

本來要切下去的手術刀就像是凍結一般停住了。

——「他看著毫無遮掩的我，卻認為我跟他是相似的。」

左歌曾說過的話，一句一句在腦中響起。

——「這個什麼事都做得到的存在，竟認同了我這樣的人。」

——「僅僅是這麼一句話，我就開心了好多天。」

「確實，不會有人怪我。」

——「待在他身邊再久一些，似乎也沒有關係……」

「但是……有人會失望啊。」

——「海溫先生，你喜歡左歌嗎？」

「我不想被她討厭，也不想讓她失望。」

與人產生連結真是可怕啊。

光是這樣可笑的原因就足以動搖我。

我這輩子殺的人已經夠多了。

就算左弦因我而死，我想我也不會在意。

但是，我不想——僅僅是單純的不想。

我不想要左弦死。

想要讓她繼續活下去，陪伴左歌。

「那麼……就讓我來幫你吧……」

從窗外傳來了一道有氣無力的聲音。

長長的圍巾隨風飄揚，無圓缺「嘿咻」一聲從窗臺上跳了下來。

「就算原本只有0.1％的成功率……兩個人同時進行的話，機率就會翻倍吧……」

當然，醫學並非如此簡單的事。

並不是越多人，成功率就越高。

但是無圓缺不同。

她與我的實力幾乎相同，而且──

「我比你更瞭解人體……畢竟我在一年前，都還在被『無』進行人體實驗……」

「妳說得沒錯。」

在這方面，無圓缺說不定比我還厲害。

「就算手術失敗也沒關係的……」

一股與我全然不同的溫暖從身後圍住了我。

「如果是兩個人的話，罪孽和責任都會減半的……」

「……嗯。」

「就算被認成是惡人或是自私的人渣，那也沒有關係的。」

無圓缺抱著我的手稍微緊了一緊，她輕聲在我耳邊說道：

「如果你最愛自己，那我就永遠會在你的身邊。」

心中的緊張和手的顫抖不知不覺停了下來。

或許與人有所連結，也並非全然都是壞事。

「上吧，我的英雄。」

和我一同拿起手術刀，無圓缺對我露出了微笑道：

「既然我就是你──」

「那麼，你也可以將自己視為英雄的。」

終章

剩餘報酬：90億

「哆啦奈唯亞！」

左歌衝進門來，抱著奈唯亞打扮的我說道：

「拜託給我時光機！」

「……又怎麼了？」

「我復職後，發現教師和女僕工作堆了一大堆沒做，不管怎麼努力都消化不完。」

「就算真是如此，也不該找我要時光機吧？」

「不，總覺得你什麼都辦得到。」

左歌一臉認真地說道：

「只要你想，你應該能發明停止時間的手錶、常識變換香水以及無條件催眠鈴鐺吧。」

「你到底把我想成什麼人了啊？」

而且，妳剛提到的發明品似乎都微妙地偏向色情用途。

「畢竟你連那樣的媽媽都能治好了，現在你說你不是隨扈而是藍色機械隨扈我都能接受了。」

藍色機械隨扈是什麼鬼？

「我說啊……」

我有些受不了地說道：

「那是一輩子——不，八輩子都不一定會發生的奇蹟，最好不要認為是常態。」

而且，不能說完全治癒。

左弦的下半身受到手術影響，似乎完全動彈不得，雖然也許可以透過復健改善，但就此半身不遂也是有可能的。

說不定過了幾年，左弦會因為生活太辛苦，覺得我當初不要救她比較好。

「媽媽很開心。」

就像是看穿了我的心聲，左歌說道：

「她說能再度和我說話，就已經像是作夢一般幸福了。」

「那真是太好了。」

真該道謝的還有一人。

不過除了我之外，沒人知道無圓缺有參與此事。

她本人除了我的感謝，似乎也不要其他人的道謝。

不知道她喜歡什麼東西，哪天去買來送她好了。

「那幾天感覺很漫長，但是收尾卻是意外迅速呢。」

劉沙最後被代老收走了，他說自己是裡世界中處理骯髒東西的專家，就交給他好好調教吧。

若是可以的話，實在不想再為這種人傷任何一點腦筋了。

「不過……妳的母親真是堅強。」

雖然收回了大多數的裸照，但畢竟覆水難收，還是有不少人看到了照片。

但左弦卻不以為意。

從鬼門關走一遭的她，笑著原諒了這一切。

「不只如此，當她知道丈夫和婚禮都是假的時，竟然會是這種反應——」

我回想幾天前在病房中的對談。

那時已是手術過後一星期了，在左弦身體稍稍穩定後，我去探望她。

「一切都是假的，這樣也好。」

左弦的回應完全出乎我的意料之外。

「我覺得這樣的結果也不壞。」

「左弦小姐……」

「嗯？」

「我能問為什麼妳會這麼想嗎？」

當我痛毆劉沙後，我看到了左弦倒在地上，一臉不可置信的表情。

「那時的我，以為我將這一切都搞砸了。」

左弦那緊緊盯著我的雙眼，讓我以為她在怨恨這一切。

「不，那時的我，單純是因為驚訝。」

「為什麼而驚訝？」

「竟然有人能為歌兒做到這個地步——我為此驚訝。」

「…………」

「雖然最後你們跟我說，婚禮和劉沙都只是一場騙局，但那時的我，確實看到了為歌兒努力的海溫先生。」

左弦向我低頭道謝道：

「謝謝你這麼珍惜歌兒，能看到那樣的情景——

「讓我覺得至今為止的一切辛苦都得到了回報。」

「真是了不起的母親呢。」

不管發生什麼事，只要確認女兒被珍惜著，就覺得一切都值得了。

「羨慕嗎？」

「當然羨慕。」

畢竟我從六歲開始，就在裡世界中到處闖蕩。

「至少在我的記憶中，我沒被人這樣無私疼愛過。」

「好可憐。」

左歌露出同情的眼神說道：

「不過是缺乏愛就會誕生這種怪物嗎？人類真是個悲哀的生物。」

「不准妳用這種彷彿漫畫會出現的臺詞為我的人生做總結。」

該說人類其實很堅強嗎？

那幾天明明覺得好像所有人事物都要崩壞了。

但當事件落幕後，所有事物都回到了原位。

左歌回到了女僕和二年異班的教師工作崗位上，左櫻和白鳴鏡也照常上課，至於我的另一個身分——海溫，則用回到島外世界當作句點收尾。

一切都重回正軌。

就像是那場婚禮其實沒舉行過一般。

「不過……怎樣都好啦。」

我半睜著雙眼，只覺得昏昏欲睡。

那場奇蹟般的手術進行了足足36小時。

因為太過於專注，那時的記憶已經回想不太起來了。

過度消耗的我整整睡了兩天，一直到現在都還沒恢復。

我本想請假在家休息，但是無圓缺自告奮勇地說要扮演奈唯亞的樣子，代替我去上課。

「妳不是不想再扮演別人了嗎？」

當我這麼問她時，她有些興奮地搖著圍巾說道：

「既然我就是你，那就不是扮演吧？不如說這是我夢寐以求的獎賞。」

這傢伙果然某個地方壞掉了。

明明接下了難搞的工作，卻感覺十分開心。

「不過……怎樣都好啦。」

這是我第二次講這句話。

事後回想起來，當時的我實在太天真了。

竟然沒有去思考讓無圓缺假扮我後可能造成的風險。

我也在之後為此付出了巨大的代價，不過那時的我還不知道就是了。

「啊啊……真希望這種耍廢的生活能不斷持續，對了，乾脆就這樣成為自宅警備員吧？反正這勉強也算是隨扈的一種。」

「……這種隨扈是能保護什麼？」

「保護不想工作的自己啊！」

我「砰」的一聲敲了一下地板說道：

「我覺得要是去工作就輸了！」

左歌用「這人已經沒救了」的憐憫眼神看著我。

但我覺得手上拿著情色漫畫的她實在沒資格這麼做。

兩個廢人就這樣繼續虛度時光。

順道一提，最近這幾天我們在家都是這樣過的。

我躺在地上無所事事地打滾翻身，左歌則默默地忙著自己的興趣。

「結果情人節就在我們忙碌時過去了。」

我們倆一直在病房和家中往返，完全沒參與到。

「我一定是被詛咒了。」

上次期末考時的「以舊換新」也是這樣。

看來只要是左獨舉辦的活動，我就註定會缺席。

「所以除了活動和我送的手製巧克力外，其他人的巧克力你一盒都沒收到嗎？」

「妳現在是在嘲笑我是個沒價值的人嗎？」

「……我剛剛的問題到底哪裡和嘲笑沾上邊了？」

「說話注意點！情人節過後的男孩子是很敏感的！」

「真是麻煩……」

左歌一臉厭煩地說道：

「不過是個巧克力嗎？有什麼好斤斤計較的——」

「順道一問，表姊妳收到幾盒？」

「說話注意點！情人節過後的女孩子是很敏感的！」

看來是一盒都沒收到，簡直比我還慘。

「啊啊……情人節真是糟透了。」

左歌抱著頭說道：

「自從情人節後，我去上課都會被他人從背後指指點點，還給我取了奇怪的綽號。」

「什麼綽號？」

「…………」

「快說。」

「『已經離過一次婚的女人』。」

「…………噗。」

「這也太奇怪了吧！」

左歌「啪啪」地拍著地板說道：

「我明明才十七歲，明明連初戀都沒談過，卻已經被貼上離婚的標籤是怎麼樣！」

「放心吧，表姊，本來就沒有價值的東西，就算離過婚，價值也不會下降喔。」

「你如果要安慰人，可以稍微拿出點誠意嗎？只要一點就好！」

「『沒有離過一次婚的女人』。」

「……這聽起來不知為何也是挺讓人火大的。」

左歌有些受不了地說道：

「而且，就算不提那只是『模擬婚禮』，婚禮不是舉行到一半就中止了嗎？這樣根

本就不能算數吧。」

這麼說也沒錯。

畢竟宣誓、交換戒指和誓約之吻這些重要儀式，最後都沒有做——

「所以，就繼續那天未完的事吧。」

——溫軟的嘴唇突然印上了我的臉頰。

「…………………」

太過突然和出人意料的發展，讓我完全沒有反應過來。

「別、別誤會了。我說過了，就算天地倒轉，我也不會愛上你的。」

臉上滿是潮紅的左歌，轉過頭去說道：

「這只是單純的謝禮，謝謝你救了我媽媽。」

「嗯嗯……」

「因為我真的沒有愛上你，所以——

「再讓我謝你一次吧。」

趁著我因為震驚而身體僵硬的瞬間，左歌騎到我的身上，這次選擇了將嘴唇和我的嘴唇重合在一起。

——砰。

門外突然傳來了東西摔到地上的聲音。

我和左歌同時轉頭一看——

只見左櫻的隨身包包掉到了地上，而包包的主人則以不可置信的表情看著我們。

（第三卷　完）

後記

海溫：「大家好，我是奈唯亞。」
左歌：「我是已經不想工作，但不管幾次都會被叫過來的左歌。」
左櫻：「我是已經不知道這部女主角究竟是誰的左櫻。」
左歌：「…………」
左歌：「大小姐，妳在說什麼呢？妳當然是這部的女主角啊。」
左櫻：「妳確定嗎？紫音小姐。」
左歌：「誰是紫音啊！大小姐妳就算再怎麼精神錯亂，也要顧及一下自己的教養啊！」
海溫：「不，能瞬間反應這是什麼梗的妳，實在沒有指責他人的資格。」
左櫻：「我不該存在於這邊，啊……左歌妳身上那女主角的光芒照得我好刺眼，為了不干擾妳，我差不多該退場了。」
左歌：「大小姐！妳在後記的個性是不是變了！」
左櫻：「我沒有變，我本來就是這麼沒有魅力的存在，連左歌的抱枕圖都不如。」

左歌：「我又不是自願要被做成抱枕的！」

左櫻：「我明白，這種說不是自願的人，最後總是會跳出來搶走一切的。」

左歌：「…………………」

左櫻：「這本書應該改名叫『天啊，這女高中生裙子底下有左歌吧』。」

左歌：「顧一下妳的形象啊啊啊啊啊啊啊啊啊啊大小姐——————！」

左櫻：「形象？只要能建立特色，不管什麼我都願意做，對了……乾脆從今天起和白鳴鏡搭檔，往搞笑角色邁進吧。」

左歌：「我們不要再延續這話題了吧——對！沒人在後記中延續本傳劇情的，換個話題、換個話題。」

海溫：「那我們應該討論什麼話題？」

左歌：「那當然是——」

責編：「不要再用責編當話題了。」

左歌：「…………」

責編：「真的，不要再用責編了……」

海溫：「他都哭了，妳就大發慈悲饒過他吧，左歌。」

左歌：「你自己回顧一下至今為止的後記，迫害他的人都不是我吧。」

左櫻：「我明白，這種說不是加害者的人，最後總是會跳出來迫害一切的。」

左歌：「…………………」

海溫：「表姊，會被這樣的左櫻大人怨恨也是沒辦法的——」

海溫：「畢竟妳從她手中搶走了我啊。」

左歌：「我沒有！」

左歌：「我絕對沒有————！」

左歌：「該說是順著氣氛還是——總之我才不要因為這麼蠢的原因被大小姐怨恨呢！」

海溫：「唉呀，妳就承認妳愛我愛得死去活來吧。」

左歌：「就說不要再延續本傳劇情了！你是聽不懂嗎？」

海溫：「如果說這不是後記，而是第四集的話……不就可以跟責編要稿費了嗎？」

左歌：「……不管幾次，我都會為你那人渣般的念頭而驚訝呢。」

海溫：「這不是後記，對，這是『左歌因為愛上奈唯亞而被左櫻刺死的第四集』。」

左歌：「第四集真的是這個發展嗎！」

左櫻：「這是『左歌因為愛上奈唯亞而被左櫻刺死的第四集』。」

左歌：「大小姐妳也不要複誦這種話，我感到很害怕！」

責編：「這是『已經換了責編的第四集』。」

左歌：「你們看你們已經搞到責編精神崩壞，開始投注自己的願望在裡頭了！」

小鹿：「自製遊戲『湛藍牢籠』絕讚發售中，歡迎上網搜尋相關訊息。」

左歌：「你也不要藉機打廣告！這已經跟第四集完全沒有關係了吧！」

海溫：「第四集發售的時間在左歌轉生後，請大家期待。」

左歌：「咦？轉生？我身上到底發生什麼了？這也太可怕了吧————！」

天啊！這女高中生裙子底下有槍啊！

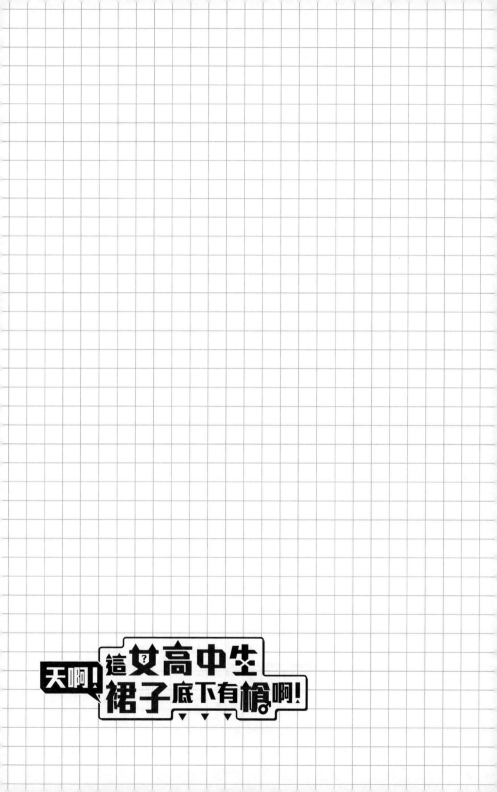

天啊！這女高中生裙子底下有槍啊！

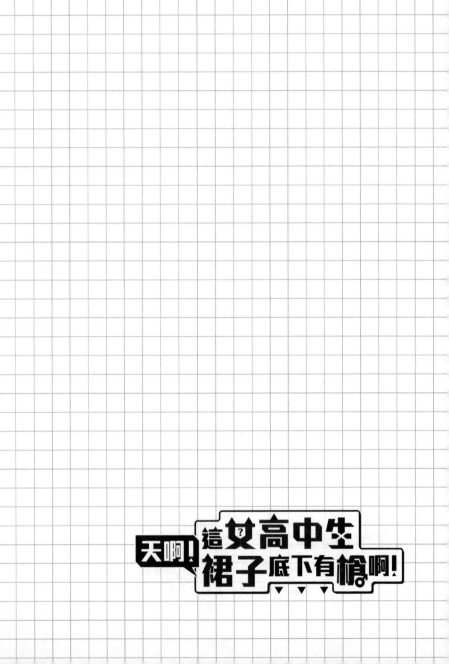

浮文字

天啊！這女高中生裙子底下有槍啊！(03)

著　者／小鹿
執 行 長／陳君平
協　理／洪琇菁
美術編輯／陳聖義
國際版權／黃令歡、梁名儀
企劃宣傳／洪國瑋

封面插畫／佩喵
榮譽發行人／黃鎮隆
執行編輯／楊國治
文字校對／施亞蒨
內文排版／謝青秀

出　版／城邦文化事業股份有限公司 尖端出版
台北市中山區民生東路二段一四一號十樓
電話：（〇二）二五〇〇—七六〇〇
傳真：（〇二）二五〇〇—二六八三
E-mail：7novels@mail2.spp.com.tw

發　行／英屬蓋曼群島商家庭傳媒股份有限公司城邦分公司　尖端出版
台北市中山區民生東路二段一四一號十樓
電話：（〇二）二五〇〇—七六〇〇（代表號）
傳真：（〇二）二五〇〇—一九七九

中彰投以北經銷／楨彥有限公司（含宜花東）
電話：（〇二）八九一九—三三六九
傳真：（〇二）八九一四—五五二四

雲嘉經銷／智豐圖書有限公司　嘉義公司
電話：（〇五）二三三—三八五二
傳真：（〇五）二三三—三八六三

南部經銷／智豐圖書有限公司　高雄公司
電話：（〇七）三七三—〇〇七九
傳真：（〇七）三七三—〇〇八七

香港經銷／一代匯集
香港九龍旺角塘尾道六十四號龍駒企業大廈十樓B&D室
電話：（八五二）二七八三—八一〇二
傳真：（八五二）二五八二—一五二九

新馬經銷／城邦（馬新）出版集團Cite（M）Sdn. Bhd.
E-mail：cite@cite.com.my

法律顧問／王子文律師　元禾法律事務所
台北市羅斯福路三段三十七號十五樓

二〇二一年二月一版一刷
二〇二二年十月一版二刷

■中文版■

郵購注意事項：
1.填妥劃撥單資料：帳號：50003021戶名：英屬蓋曼群島商家庭傳媒(股)公司城邦分公司。2.通信欄內註明訂購書名與冊數。3.劃撥金額低於500元，請加附掛號郵資50元。如劃撥日起 10～14日，仍未收到書時，請洽劃撥組。劃撥專線TEL：(03)312-4212 ・ FAX：(03)322-4621。E-mail：marketing@spp.com.tw

國家圖書館出版品預行編目資料

天啊！這女高中生裙子底下有槍啊！/ 小鹿作. -- 1版. -- [臺北市] : 尖端出版 : 家庭傳媒城邦分公司發行, 2021. 02-

面； 公分

ISBN 978-957-10-- (第3冊：平裝)

863.57 109